新日檢N3聽解30天速成！新版

こんどうともこ 著／王愿琦 中文翻譯
元氣日語編輯小組 總策劃

これ一冊あれば
「聴解」なんて怖くない！

日本語能力試験に合格するために、がんばっていることと思います。ある人は学校の特別対策講義を受けたり、ある人は大量の試験対策問題を買い込んだり、ある人は教材は買ったものの何をどう勉強していいかわからず、ただ神様にお願いしているだけかもしれません。

じつは、日本語能力試験はある傾向をつかめば、問題を解くコツがつかめます。それが書かれた優れた教材もいくつか出版されています。ただ、それらを如何に上手に見つけるかは、学習者の能力と運にもよるのですが……。とはいっても、それは「言語知識（文字・語彙・文法）」と「読解」においていえることです。残念なことに、「聴解」に打ち勝つコツというのは、今のところほとんど見たことがありません。

そこで生まれたのが本書です。画期的ともいえる本書には、学習者が苦手とする間違いやすい発音や、文法などの基本的な聞き取り練習が豊富に取り入れられています。また、問題パターンについての解説もあります。流れに沿って問題を解いていくうちに、試験の傾向が自然と身につく仕組みになっているのです。さらに、頻度の高い単語や文型が種類別に列挙してあるので、覚えておくと役に立ちます。自信がついたら、後ろにある模擬試験で実力をチェックしてみましょう。自分の弱点が分かれば、あとはそれを克服するのみです。

最後に、本書を手にとってくださった学習者のみなさまが、「聴解」への恐怖心をなくし、さらなる一歩を踏み出してくだされば幸いです。合格を心よりお祈り申し上げます。

こんどうともこ

有了這一本書，「聽解」就不怕了！

相信您正為了要考過日本語能力測驗而努力著。或許有些人正讀著學校特別對應考試的講義，或許有些人買了很多對應考試的問題集，也或許有些人講義買是買了，但不知道如何去讀，只能祈求上蒼保佑。

其實日本語能力測驗，只要能夠掌握考題走向，便能掌握解題的要訣。而這樣出色的教材，也有好幾本已經出版了。只不過，要如何有效地找到這些教材，還得靠學習者的能力和運氣。話雖如此，這些好教材可以說也僅限於「言語知識（文字・語彙・文法）」和「讀解」而已。很遺憾的，有關要戰勝「聽解」要訣的書，目前幾乎一本都沒有。

於是，這本書醞釀而生了。也可稱之為劃時代創舉的本書，富含了學習者最棘手、容易出錯的發音或是文法等基本聽力練習。此外，就問題題型也做了解說。整本書的結構，是在按部就班解題的同時，也能自然而然了解考試的走向。再者，由於本書也分門別類列舉了出現頻率高的單字和句型，所以有助於記憶。而一旦建立了自信，請試著用附錄的擬真試題確認實力吧！若能知道自己的弱點，之後就是克服那些而已。

最後，如果手持本書的各位學習者，能夠因此不再害怕「聽解」，甚至讓聽力更上一層樓的話，將是我最欣慰的事。在此衷心祝福大家高分過關。

近藤知子

（元氣日語編輯小組　譯）

戰勝新日檢
掌握日語關鍵能力

元氣日語編輯小組

日本語能力測驗（日本語能力試験）是由「日本國際教育支援協會」及「日本國際交流基金會」，在日本及世界各地為日語學習者測試其日語能力的測驗。自1984年開辦，迄今超過30年，每年報考人數節節升高，是世界上規模最大、也最具公信力的日語考試。

❋ 新日檢是什麼？

近年來，除了一般學習日語的學生之外，更有許多社會人士，為了在日本生活、就業、工作晉升等各種不同理由，參加日本語能力測驗。同時，日本語能力測驗實行30多年來，語言教育學、測驗理論等的變遷，漸有改革提案及建言。在許多專家的縝密研擬之下，自2010年起實施新制日本語能力測驗（以下簡稱新日檢），滿足各層面的日語檢定需求。

除了日語相關知識之外，新日檢更重視「活用日語」的能力，因此特別在題目中加重溝通能力的測驗。目前執行的新日檢為5級制（N1、N2、N3、N4、N5），新制的「N」除了代表「日語（Nihongo）」，也代表「新（New）」。

❀ 新日檢N3的考試科目有什麼？

新日檢N3的考試科目為「言語知識（文字・語彙）」、「言語知識（文法）・讀解」與「聽解」三科考試，計分則為「言語知識（文字・語彙・文法）」、「讀解」、「聽解」各60分，總分180分。詳細考題如後文所述。

新日檢N3總分為180分，並設立各科基本分數標準，也就是總分須通過合格分數95分（=通過標準）之外，各科也須達到一定的基準分數19分（=通過門檻），如果總分達到合格分數，但有一科成績未達到通過門檻，亦不算是合格。N3之總分通過標準及各分科成績通過門檻請見下表。

從分數的分配來看，「聽解」與「讀解」的比重都較以往的考試提高，尤其是聽解部分，分數佔比約為1/3，表示新日檢將透過提高聽力與閱讀能力來測試考生的語言應用能力。

N3總分通過標準及各分科成績通過門檻			
總分通過標準	得分範圍	0~180	
	通過標準	95	
分科成績通過門檻	言語知識（文字・語彙・文法）	得分範圍	0~60
		通過門檻	19
	讀解	得分範圍	0~60
		通過門檻	19
	聽解	得分範圍	0~60
		通過門檻	19

從上表得知，考生必須總分超過95分，同時「言語知識（文字・語彙・文法）」、「讀解」、「聽解」皆不得低於19分，方能取得N3合格證書。

此外，根據新發表的內容，新日檢N3合格的目標，是希望考生能對日常生活中常用的日文有一定程度的理解。

新日檢N3程度標準		
新日檢N3	閱讀（讀解）	・能閱讀理解與日常生活相關、內容具體的文章。 ・能大致掌握報紙標題等的資訊概要。 ・與一般日常生活相關的文章，即便難度稍高，只要調整敘述方式，就能理解其概要。
	聽力（聽解）	・以接近自然速度聽取日常生活中各種場合的對話，並能大致理解話語的內容、對話人物的關係。

✻ 新日檢N3的考題有什麼？

要準備新日檢N3，考生不能只靠死記硬背，而必須整體提升日文應用能力。考試內容整理如下表所示：

<table>
<tr><th rowspan="2" colspan="2">考試科目
（時間）</th><th colspan="4">題型</th></tr>
<tr><th colspan="2">大題</th><th>內容</th><th>題數</th></tr>
<tr><td rowspan="5">言語知識（文字・語彙）
考試時間30分鐘</td><td rowspan="5">文字・語彙</td><td>1</td><td>漢字讀音</td><td>選擇漢字的讀音</td><td>8</td></tr>
<tr><td>2</td><td>表記</td><td>選擇適當的漢字</td><td>6</td></tr>
<tr><td>3</td><td>文脈規定</td><td>根據句子選擇正確的單字意思</td><td>11</td></tr>
<tr><td>4</td><td>近義詞</td><td>選擇與題目意思最接近的單字</td><td>5</td></tr>
<tr><td>5</td><td>用法</td><td>選擇題目在句子中正確的用法</td><td>5</td></tr>
<tr><td rowspan="7">言語知識（文法）・讀解
考試時間70分鐘</td><td rowspan="3">文法</td><td>1</td><td>文法1
（判斷文法形式）</td><td>選擇正確句型</td><td>13</td></tr>
<tr><td>2</td><td>文法2
（組合文句）</td><td>句子重組（排序）</td><td>5</td></tr>
<tr><td>3</td><td>文章文法</td><td>文章中的填空（克漏字），根據文脈，選出適當的語彙或句型</td><td>5</td></tr>
<tr><td rowspan="4">讀解</td><td>4</td><td>內容理解
（短文）</td><td>閱讀題目（包含生活、工作等各式話題，約150～200字的文章），測驗是否理解其內容</td><td>4</td></tr>
<tr><td>5</td><td>內容理解
（中文）</td><td>閱讀題目（解說、隨筆等，約350字的文章），測驗是否理解其因果關係或關鍵字</td><td>6</td></tr>
<tr><td>6</td><td>內容理解
（長文）</td><td>閱讀題目（經過改寫的解說、隨筆、書信等，約550字的文章），測驗是否能夠理解其概要</td><td>4</td></tr>
<tr><td>7</td><td>資訊檢索</td><td>閱讀題目（廣告、傳單等，約600字），測驗是否能找出必要的資訊</td><td>2</td></tr>
</table>

考試科目（時間）	題型			
	大題		內容	題數
聽解 考試時間40分鐘	1	課題理解	聽取具體的資訊，選擇適當的答案，測驗是否理解接下來該做的動作	6
	2	重點理解	先提示問題，再聽取內容並選擇正確的答案，測驗是否能掌握對話的重點	6
	3	概要理解	測驗是否能從聽力題目中，理解說話者的意圖或主張	3
	4	說話表現	邊看圖邊聽說明，選擇適當的話語	4
	5	即時應答	聽取單方提問或會話，選擇適當的回答	9

其他關於新日檢的各項改革資訊，可逕查閱「日本語能力試驗」官方網站http://www.jlpt.jp/。

❋ 台灣地區新日檢相關考試訊息

測驗日期：每年七月及十二月第一個星期日

測驗級數及時間：N1、N2在下午舉行；N3、N4、N5在上午舉行

測驗地點：台北、桃園、台中、高雄

報名時間：第一回約於三～四月左右，第二回約於八～九月左右

實施機構：財團法人語言訓練測驗中心

（02）2365-5050

http://www.lttc.ntu.edu.tw/JLPT.htm

如何使用本書

本書將應考前最後衝刺的30天分成5大區塊，一開始先累積「聽解」的基礎知識，接著再逐項拆解五大問題，一邊解題，一邊背誦考試中可能會出現的句型和單字。跟著本書，只要30天，「聽解」就能高分過關！

STEP 1 學會「非會不可的基礎知識」

第1～5天的「非會不可的基礎知識」，教您如何有系統地累積聽解實力，一舉突破日語聽力「音便」、「相似音」、「委婉說法」、「敬語」的學習障礙！

1. 了解口語「省略」與「音便」規則 MP3 01

❶ 注意

日語的表達也有「文言文」與「口語」的差別。有關口語的部分，通常學校不會教，但不代表可以不會。且由於此部分變化很大，量也多，所以需要花很多時間學習。一般來說，學習口語用法對在日本學習日語的學習者而言很簡單，因為生活裡就可以學到，但對於像諸位在自己國家學習日語、再加上比較少接觸日本人的學習者而言，或許是一種難懂的東西。但其實並不難！請看下面的表格，了解其變化規則，必能輕易上手！

日語口語「省略」與「音便」規則

變　化	例　句
のだ→んだ ……是……的	・やっぱり私の考えはまちがってなかったんだ。（←まちがってなかったのだ） 我的想法還是沒錯。
ている→てる 正在……	・勉強してるんだから、静かにしてよ。（←勉強しているのだ） 因為在唸書，所以安靜點！
ら→ん（音便）	・そんなこと、私に聞いても知んないよ。（←知らない） 那種事，即使是問我也不知道耶。
り→ん（音便）	・おかえんなさい。（←おかえりなさい） 你回來了。

第1～5天 非會不可的基礎知識

19

✽STEP 2 拆解「聽解科目的五大題型」

第6～30天，每5天為一個學習單位，一一拆解聽解科目五大題型，從「會考什麼」、「考試形式」一直到「會怎麼問」，透徹解析！

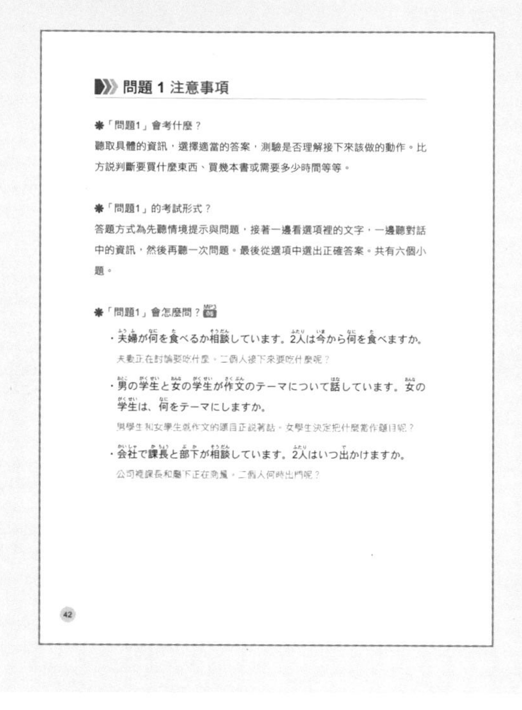

問題 1 注意事項

✽「問題1」會考什麼？

聽取具體的資訊，選擇適當的答案，測驗是否理解接下來該做的動作。比方說判斷要買什麼東西、買幾本書或需要多少時間等等。

✽「問題1」的考試形式？

答題方式為先聽情境提示與問題，接著一邊看選項裡的文字，一邊聽對話中的資訊，然後再聽一次問題。最後從選項中選出正確答案。共有六個小題。

✽「問題1」會怎麼問？ MP3 08

・夫婦が何を食べるか相談しています。2人は今から何を食べますか。

夫妻正在討論要吃什麼。二個人接下來要吃什麼呢？

・男の学生と女の学生が作文のテーマについて話しています。女の学生は、何をテーマにしますか。

男學生和女學生就作文的題目正說著話。女學生決定把什麼當作題目呢？

・会社で課長と部下が相談しています。2人はいつ出かけますか。

公司裡課長和屬下正在商量。二個人何時出門呢？

42

✽STEP 3 即刻「實戰練習・實戰練習解析」

了解每一個題型之後，立刻做考題練習。所有考題皆完全依據「日本國際教育支援協會」及「日本國際交流基金會」所公布的新日檢「最新題型」與「題數」出題。

測驗時聽不懂的地方請務必跟著音檔複誦，熟悉日語標準語調及說話速度，提升日語聽解應戰實力。此外，所有題目及選項，均有中文翻譯與詳細解析，可藉此釐清應考聽力的重點。

STEP 4 收錄「聽解必考句型・聽解必背單字」

特別收錄「聽解必考句型」、「聽解必背單字」。五大題型裡經常會出現的會話口語文法、必考單字，皆補充於該題型之後，不僅可以提高答題的正確率，還可以加強自己的文法、單字實力。

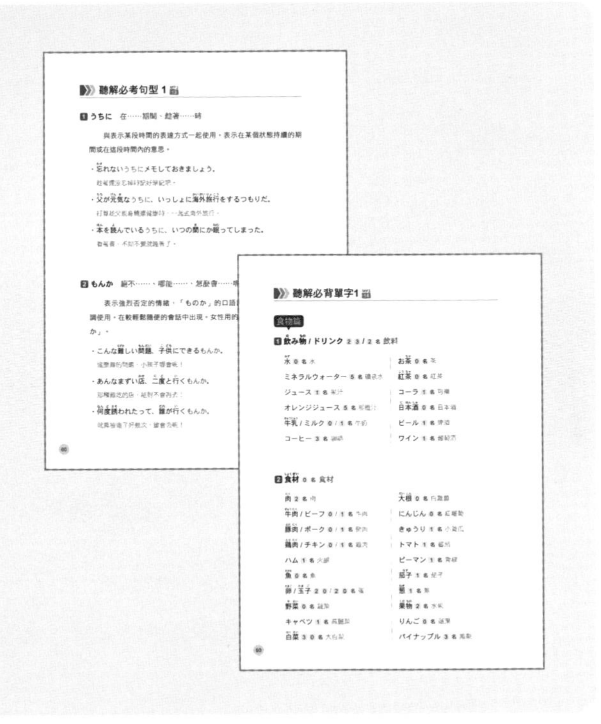

聽解必考句型 1

1 うちに 在……期間、趁著……時

與表示某段時間的表達方式一起使用，表示在某個狀態持續的期間或在這段時間內的意思。

・忘れないうちにメモしておきましょう。

・父が元気なうちに、いっしょに海外旅行をするつもりだ。

・本を読んでいるうちに、いつの間にか眠ってしまった。

2 もんか 絕不……、哪能……、怎麼會……

表示強烈否定的情緒，「ものか」的口語……調使用，在較輕鬆隨便的會話中出現，女性用的……か」。

・こんな難しい問題、子供にできるもんか。

・あんなまずい店、二度と行くもんか。

・何度誘われたって、誰が行くもんか。

聽解必背單字1

食物篇

1 飲み物／ドリンク 2 3／2 名 飲料

水 0 名 水	お茶 0 名 茶
ミネラルウォーター 5 名 礦泉水	紅茶 0 名 紅茶
ジュース 1 名 果汁	コーラ 1 名 可樂
オレンジジュース 5 名 柳橙汁	日本酒 0 名 日本酒
牛乳／ミルク 0／1 名 牛奶	ビール 1 名 啤酒
コーヒー 3 名 咖啡	ワイン 1 名 葡萄酒

2 食材 0 名 食材

肉 2 名 肉	大根 0 名 白蘿蔔
牛肉／ビーフ 0／1 名 牛肉	にんじん 0 名 紅蘿蔔
豚肉／ポーク 0／1 名 豬肉	きゅうり 1 名 小黃瓜
鶏肉／チキン 0／1 名 雞肉	トマト 1 名 番茄
ハム 1 名 火腿	ピーマン 1 名 青椒
魚 0 名 魚	茄子 1 名 茄子
卵／玉子 2 0／2 0 名 蛋	葱 1 名 蔥
野菜 0 名 蔬菜	果物 2 名 水果
キャベツ 1 名 高麗菜	りんご 0 名 蘋果
白菜 3 0 名 大白菜	パイナップル 3 名 鳳梨

問題 1 實戰練習

問題1

問題1では、まず質問を聞いてください。それから話を聞いて、問題用紙の1から4の中から、最もよいものを一つ選んでください。

1番 MP3 07

1. レストランで食事する
2. プールで泳ぐ
3. テニスをする
4. 動物園で動物を見る

2番 MP3 08

1. 夕方6時ごろ
2. 午後3時ごろ
3. 朝10時ごろ
4. 夜8時ごろ

43

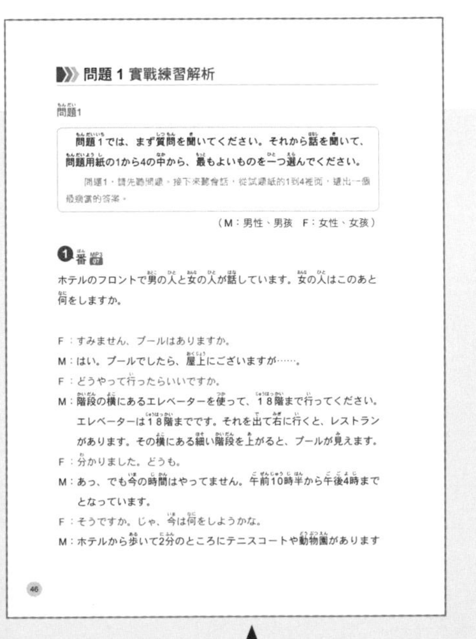

問題 1 實戰練習解析

問題1

問題1では、まず質問を聞いてください。それから話を聞いて、問題用紙の1から4の中から、最もよいものを一つ選んでください。

問題1，請先聽問題，接下來聽會話，從試題紙的1到4裡面，選出一個最適當的答案。

（M：男性、男孩　F：女性、女孩）

1番 MP3 07

ホテルのフロントで男の人と女の人が話しています。女の人はこのあと何をしますか。

F：すみません、プールはありますか。

M：はい。プールでしたら、屋上にございますが……。

F：どうやって行ったらいいですか。

M：階段の横にあるエレベーターを使って、18階まで行ってください。エレベーターは18階までです。それを出て右に行くと、レストランがあります。その横にある細い階段を上がると、プールが見えます。

F：分かりました。どうも。

M：あっ、でも今の時間はやってません。午前10時半から午後4時までとなっています。

F：そうですか。じゃ、今は何をしようかな。

M：ホテルから歩いて2分のところにテニスコートや動物園があります

46

如何使用本書

STEP 5 附錄：擬真試題＋解析

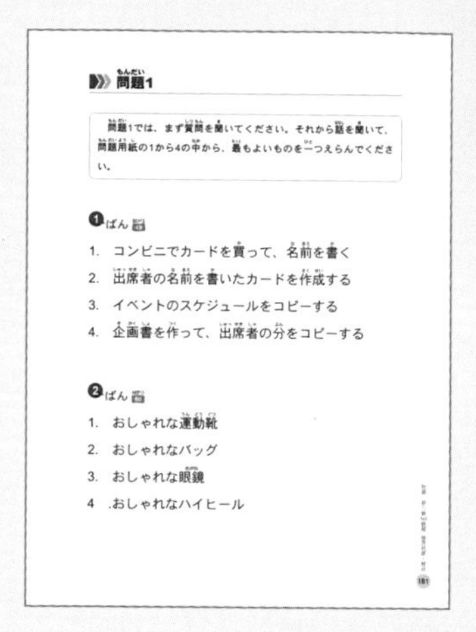

問題1

問題1では、まず質問を聞いてください。それから話を聞いて、問題用紙の1から4の中から、最もよいものを一つえらんでください。

❶ばん

1. コンビニでカードを買って、名前を書く
2. 出席者の名前を書いたカードを作成する
3. イベントのスケジュールをコピーする
4. 企画書を作って、出席者の分をコピーする

❷ばん

1. おしゃれな運動靴
2. おしゃれなバッグ
3. おしゃれな眼鏡
4 .おしゃれなハイヒール

181

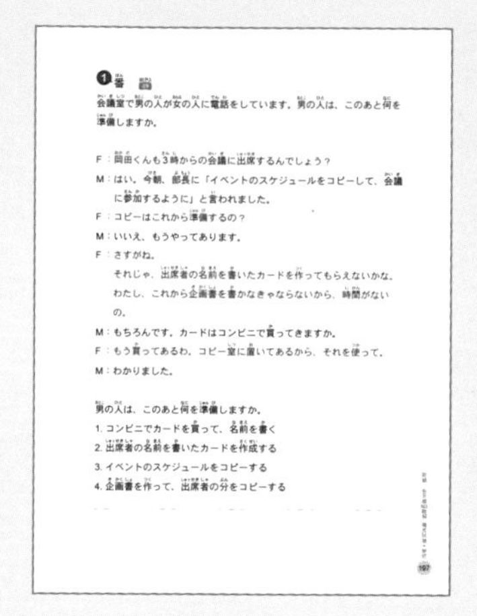

❶番

会議室で男の人が女の人に電話をしています。男の人は、このあと何を準備しますか。

F：岡田くんも3時からの会議に出席するんでしょう？
M：はい。今朝、部長に「イベントのスケジュールをコピーして、会議に参加するように」と言われました。
F：コピーはこれから準備するの？
M：いいえ、もうやってあります。
F：さすがね。
それじゃ、出席者の名前を書いたカードを作ってもらえないかな。
わたし、これから企画書を書かなきゃならないから、時間がないの。
M：もちろんです。カードはコンビニで買ってきますか。
F：もう買ってあるわ。コピー室に置いてあるから、それを使って。
M：わかりました。

男の人は、このあと何を準備しますか。

1. コンビニでカードを買って、名前を書く
2. 出席者の名前を書いたカードを作成する
3. イベントのスケジュールをコピーする
4. 企画書を作って、出席者の分をコピーする

197

附錄為一回擬真試題，實際應戰，考驗學習成效。更可以事先熟悉新日檢聽力考試現場的臨場感。擬真試題作答完畢後，再參考解析及翻譯加強學習，聽解實力再進化。

如何掃描 QR Code 下載音檔

1. 以手機內建的相機或是掃描 QR Code 的 App 掃描封面的 QR Code。
2. 點選「雲端硬碟」的連結之後，進入音檔清單畫面，接著點選畫面右上角的「三個點」。
3. 點選「新增至「已加星號」專區」一欄，星星即會變成黃色或黑色，代表加入成功。
4. 開啟電腦，打開您的「雲端硬碟」網頁，點選左側欄位的「已加星號」。
5. 選擇該音檔資料夾，點滑鼠右鍵，選擇「下載」，即可將音檔存入電腦。

目 次

第6~10天 問題1「課題理解」

第11~15天 問題2「重點理解」

第16～20天　問題3「概要理解」

第21～25天　問題4「說話表現」

第26～30天 問題5「即時應答」

附錄 新日檢N3聽解擬真試題＋解析

本書採用略語：

名 名詞

動 動詞

副 副詞

イ形 イ形容詞（形容詞）

ナ形 ナ形容詞（形容動詞）

第 1～5 天

非會不可的基礎知識

在分五大題進行題目解析之前，先來看看要準備哪些，才能打好穩固的聽力基礎實力！

「新日檢N3聽解」準備要領

❋ 新日檢「聽解」要求什麼？

新日檢比舊日檢更要求貼近生活的聽解能力，所以內容多是日本人在職場上、學校上、家庭上每天實際運用的日文。

❋ 如何準備新日檢「聽解」？

據説有許多考生因為找不到提升聽解能力合適的書，所以用看日劇或看日本綜藝節目的方式來練習聽力。這種學習方式並非不好，但是如果不熟悉一般對話中常出現的「口語上的省略」或「慣用表現」的話，就永遠不知道日本人實際在説什麼。因此本單元提供很多「非會不可的聽解基礎知識」，只要好好學習，保證您的聽解有令人滿意的成績！

1. 了解口語「省略」與「音便」規則 MP3 01

❗ 注意

日語的表達也有「文言文」與「口語」的差別。有關口語的部分，通常學校不會教，但不代表可以不會。且由於此部分變化很大，量也多，所以需要花很多時間學習。一般來説，學習口語用法對在日本學習日語的學習者而言很簡單，因為生活裡就可以學到，但對於像諸位在自己國家學習日語、再加上比較少接觸日本人的學習者而言，或許是一種難懂的東西。但其實並不難！請看下面的表格，了解其變化規則，必能輕易上手！

日語口語「省略」與「音便」規則

變　化	例　句
のだ→んだ ……是……的	・やっぱり私の考えはまちがってなかったんだ。（←まちがってなかったのだ） 我的想法還是沒錯。
ている→てる 正在……	・勉強してるんだから、静かにしてよ。（←勉強しているのだ） 因為在唸書，所以安靜點！
ら→ん（音便）	・そんなこと、私に聞いても知んないよ。（←知らない） 那種事，即使是問我也不知道耶。
り→ん（音便）	・おかえんなさい。（←おかえりなさい） 你回來了。

變　化	例　句
れ→ん（音便）	・歯が痛くて、何も食べらんない。 （←食べられない） 因為牙齒痛，所以什麼都不能吃。
と言っている→って 説	・彼は、明日は休むって。 （←休むと言っている） 他説：「明天請假。」
とは→って 所謂的～是～	・あなたにとって「幸せ」って、何ですか。 （←「幸せ」とは） 對你來説「幸福」是什麼？
という→って 叫做	・田中って人から電話があったよ。 （←田中という） 一個叫做田中的人打電話來了唷。
ても→たって 再怎麼……，也……	・どんなにがんばったって、結果は同じだ。 （←がんばっても） 再怎麼努力，結果還是一樣的。
ておく→とく 先做好	・出かけるときは、鍵をかけとくこと。 （←かけておく） 出門時，要先鎖好門。
れば→りゃ 如果……的話	・そんなにたくさん食べりゃ、太るはずだよ。 （←食べれば） 吃那麼多，胖也是應該的啊！
けば→きゃ 如果……的話	・日本に行きゃ日本語が話せるようになるってもんじゃない。（←行けば） 哪有可能去日本的話就變得會説日文。

變　化	例　句
ては→ちゃ 要是……的話	・お酒を飲みすぎちゃ、体によくないよ。 (←飲みすぎては) 喝太多酒的話，對身體不好喔。
てしまう→ちゃう 表示完成、感慨、遺憾	・パソコンゲームばかりしてると、目が悪くなっちゃうよ。(←悪くなってしまう) 一直玩電腦遊戲的話，眼睛會變不好喔。
もの→もん 因為、由於	・A：昨日、どうして来なかったの。 B：だって病気だったんだもん。 (←もの) A：昨天為什麼沒有來？ B：因為生病啊。
など→なんか 之類的	・A：これからお茶なんかどう？(←など) B：いいよ。 A：接下來喝茶如何？ B：好啊。
私→あたし 我	・あたしは高校生です。(←私) 我是高中生。
ほんとうに→ほんとに 真的	・ほんとにおいしいね。(←ほんとうに) 真的好吃耶！
すみません→すいません 對不起、不好意思	・すいません、すべて私のミスです。 (←すみません) 對不起，一切都是我的錯。

2. 了解「相似音」的差異 MP3 02

注意

聽考題的時候，請注意有沒有濁音（ ˊ ）、半濁音（ ° ）、促音（っ・ッ）、長音（拉長的音・ー）、撥音（ん・ン）、拗音（ゃ/ゅ/ょ・ャ/ュ/ョ）。有沒有這些音，意思就會完全不一樣喔！

「相似音」的分別

	有	無
濁音	ぶた（豚） 0 名 豬 ざる（笊） 0 名 竹簍 えいご（英語） 0 名 英文	ふた（蓋） 0 名 蓋子 さる（猿） 1 名 猴子 えいこ（栄子） 1 名 榮子（日本女生的名字）
半濁音	ぽかぽか 1 副 暖和地 プリン 1 名 布丁 ペン 1 名 筆	ほかほか 1 副 熱呼呼地 ふりん（不倫） 0 名 外遇 へん（変） 1 名 ナ形 奇怪
促音	しょっちゅう 1 副 經常 マッチ 1 名 火柴 きって（切手） 0 名 郵票	しょちゅう（暑中） 0 名 盛夏 まち（町 / 街） 2 / 2 名 城鎮 / 大街 きて（来て / 着て） 1 / 0 動 來 / 穿
長音	おばあさん 2 名 祖母、外祖母、（指年老的婦女）老奶奶、老婆婆 おじいさん 2 名 祖父、外祖父、（指年老的男性）老公公、老爺爺	おばさん 0 名 伯母、叔母、舅母、姑母、姨母、（指中年婦女）阿姨 おじさん 0 名 伯父、叔父、舅舅、姑丈、姨丈、（指中年男子）叔叔

	有	無
長音	ステーキ 2 名 牛排 シール 1 名 貼紙	すてき（素敵） 0 ナ形 極好、極漂亮 しる（知る） 0 動 知道
撥音	かれん（可憐） 0 ナ形 可愛、惹人憐愛 かんけい（関係） 0 名 關係	かれ（彼） 1 名 他 かけい（家計 / 家系） 0 / 0 名 家計 / 血統
拗音	きゃく（客） 0 名 客人 りょこう（旅行） 0 名 旅行 じょゆう（女優） 0 名 女演員 びょういん（病院） 0 名 醫院	きく（菊） 0 名 菊花 りこう（利口） 0 名 ナ形 聰明、機靈、周到 じゆう（自由） 2 名 自由 びよういん（美容院） 2 名 美容院

3.「委婉說法」的判斷方法 MP3 03

! 注意

日本人說話時，常會出現繞了一大圈反而意思更不清楚，或者說得太委婉反而讓對方聽不懂說話者到底想說什麼的情況。如果沒有注意聽，「したのか」（做了）還是「しなかったのか」（沒做）、「行く(い)のか」（要

「委婉說法」的判斷方法

表　達	事　實
すればいいんだけど 要是有做該有多好	沒有做（明明知道做比較好，但沒有做）
するつもりはない 沒有做……的打算	不做（強烈的意志）
するつもりはなかったんだけど 沒有打算做，但……	做了，但後悔
するつもりだったんだけど 打算做，但……	本來想做，但結果沒做或做不到
しなければいいのに 不做就好了……	本來不想做，但還是做了
してたらよかった 要是……就好了	後悔自己沒做的事

去）還是「行かないのか」（不要去）等根本無法判斷。所以多認識不同狀況的「表達」和「事實」的差別，也就是「委婉說法」，絕對可以提升您的聽力！

例句
本当はもっと勉強すればいいんだけど……。 要是多唸書就好了……。
他の学校を受けるつもりはない。 沒有去考其他學校的打算。
盗むつもりはなかったんだけど、ついしてしまった。 本來沒有打算偷東西，但不由得做了。
百点を取るつもりだったんだけど、だめだった。 原本打算拿一百分，但結果不行。
そんなばかなこと、しなければいいのに……。 不做那麼愚蠢的事就好了……。
試合の前にもっと練習してたらよかったのに……。 比賽之前多練習就好了……。

表　達	事　實
しないでよかった 還好沒有做	滿足於自己沒做的事
するところだった 那可就、險些	差一點～，但沒有～
してなかったら 沒有……就好了	做了
してたら 如果……的話	沒有做
しなければよかった 要是不做……就好了	不做也沒關係
しないといけなかった （原來）非……不可	忘了做
してよかった 做了真好	滿足有做的事

例句
どんなにつらくても、あきらめないでよかった。 再怎麼辛苦，沒有放棄真好。
もう少(すこ)し遅(おそ)かったら、ぶつかるところだった。 如果再遲一點，就撞到了。
あの時間(じかん)に出(で)かけてなかったら、事故(じこ)に遭(あ)わなかったのに。 如果那個時間沒有出門的話，就不會遇到車禍了。
若(わか)いとき日本語(にほんご)を勉強(べんきょう)してたら、今(いま)よりはもう少(すこ)し上手(じょうず)だっただろう。 如果年輕的時候就學日文的話，應該會比現在厲害點吧。
結婚(けっこん)なんてしなければよかった。 要是不結婚多好。
宿題(しゅくだい)をしないといけなかったんだった。 （原來）非做功課不可。
合格(ごうかく)してよかった。 考上了真好。

4.「敬語」只要多聽，其實一點都不難！ MP3 04

注意

聽解考題裡，由於常會出現上下關係很明顯的情況，所以高難度的「敬語」也不可不學習。説到「敬語」，其實有些連日本人都會説錯，比方説您聽過「恐(おそ)れ入(い)ります」這句話嗎？「恐(おそ)れ」（恐怖）？其實意思就是「謝謝您」，聽起來和「ありがとうございました」（謝謝您）完全不同吧。雖然有點難度，但一旦背起來，下次遇到日本客人並使用這句話的話，對方將對您完全改觀，且有可能會收到大量訂單！所以不要怕錯！只要漸漸熟悉敬語，自然而然就會變成敬語達人！

新日檢「聽解」裡常聽到的敬語

敬語說法	一般說法
恐(おそ)れ入(い)ります。 非常感謝。	ありがとうございます。 謝謝您。 すみません。 不好意思。
恐(おそ)れ入(い)りますが……。 很抱歉……。	すみませんが……。 不好意思……。
お伝(つた)え願(ねが)えますか。 可以拜託您轉達嗎？	伝(つた)えてくれますか。 可以（幫我）傳達嗎？
お越(こ)し願(ねが)えませんか。 可以勞駕您來一趟嗎？	来(き)てくれませんか。 可不可以請你來呢？

敬語說法	一般說法
お電話(でんわ)させていただきます。 請讓我來打電話。	電話(でんわ)します。 我來打電話。
お電話(でんわ)さしあげます。 讓我來（為您）打電話。	電話(でんわ)します。 我來打電話。
お電話(でんわ)いただけますか。 可以麻煩您幫忙打電話嗎？	電話(でんわ)してもらえますか。 可以幫忙打電話嗎？
お電話(でんわ)ちょうだいできますか。 可以請您打電話給我嗎？	電話(でんわ)もらえますか。 可以打電話給我嗎？
今(いま)、何(なん)とおっしゃいましたか。 您剛才說了什麼呢？	今(いま)、何(なん)と言(い)いましたか。 你剛才說了什麼？
何(なん)になさいますか。 您決定要什麼呢？	何(なん)にしますか。 你決定要什麼呢？
どういたしましょうか。 如何是好呢？	どうしましょうか。 怎麼辦呢？
拝見(はいけん)します。 拜見。	見(み)ます。 看。
ご覧(らん)ください。 請過目。	見(み)てください。 請看。
承(うけたまわ)りました。 聽到了。	聞(き)きました。 聽見了。
かしこまりました。 遵命。	分(わ)かりました。 知道了。

5. 聽解練習 MP3 05

❗ 注意

相信各位已從前面學到不少好用的規則，有「省略」、「音便」、「相似音」、「委婉說法」、「敬語」，透過這些規則來考試，必能輕鬆如意。接下來，請各位熟悉考試的型態，這對應考大有幫助。一起練習看看吧！

まず、問題を聞いてください。それから正しい答えを一つ選んでください。

問題1

何と言いましたか。正しいほうを選んでください。

① A）お金がありゃ、買うんだけどね。

　B）お金があれば、買うんだけどね。

② A）朝、なかなか起きられなくて、困ってるんです。

　B）朝、なかなか起きれなくて、困ってるんです。

③ A）駐車場で遊んでは、だめですよ。

　B）駐車場で遊んじゃ、だめですよ。

④ A）どんなに努力しても、合格できなかっただろう。

　B）どんなに努力したって、合格できなかっただろう。

⑤ A） ビールは冷蔵庫に冷やしておいてね。

B） ビールは冷蔵庫に冷やしといてね。

⑥ A） つい笑ってしまった。

B） つい笑っちゃった。

問題2

何と言いましたか。正しいほうを選んでください。

① A） かれん　　B） かれ

② A） へん　　B） ペン

③ A） おじさん　　B） おじいさん

④ A） びょういん　　B） びよういん

⑤ A） すてき　　B） ステーキ

⑥ A） きりん　　B） きり

問題3

内容の正しいほうを選んでください。

①A）勉強した。
　B）勉強しなかった。

②A）今日までに提出する。
　B）今日までに提出しなくてもいい。

③A）カンニングした。
　B）カンニングしなかった。

④A）あそこにいた。
　B）あそこにいなかった。

⑤A）あきらめてしまった。
　B）あきらめなかった。

⑥A）マージャンをする。
　B）マージャンをしない。

問題4

男の人と女の人が話しています。女の人の答えはどちらの意味ですか。正しいほうを選んでください。

① A）ご飯を作っておいてあげる。

　B）ご飯を作っておかない。

② A）家に帰るほどじゃない。

　B）家に帰って休みたい。

③ A）運転がひどくて怖い。

　B）運転は下手ではないが、上手でもない。

④ A）吸わないでほしい。

　B）吸ってもかまわない。

⑤ A）ほしいものがたくさんあって、決められない。

　B）ほしいものはない。

⑥ A）結婚しないわけがない。

　B）結婚するわけがない。

解答與解析

問題1

何と言いましたか。正しいほうを選んでください。

說了什麼呢？請選出正確答案。

① A）お金がありゃ、買うんだけどね。

要是有錢就買啊。

② B）朝、なかなか起きれなくて、困ってるんです。

早上怎麼都起不來，傷腦筋。

③ B）駐車場で遊んじゃ、だめですよ。

不可以在停車場玩唷。

④ A）どんなに努力しても、合格できなかっただろう。

反正不管再怎麼努力，也無法考上吧。

⑤ B）ビールは冷蔵庫に冷やしといてね。

啤酒要先冰在冰箱裡喔！

⑥ A）つい笑ってしまった。

不小心笑了出來。

問題(もんだい)2

何(なん)と言(い)いましたか。正(ただ)しいほうを選(えら)んでください。

說了什麼呢？請選出正確答案。

A	B
①A）かれん 可愛、惹人憐愛	B）かれ 他
②A）へん 奇怪	B）ペン 筆
③A）おじさん 舅舅、叔叔	B）おじいさん 爺爺、老公公
④A）びょういん 醫院	B）びよういん 美容院
⑤A）すてき 極棒、極漂亮	B）ステーキ 牛排
⑥A）きりん 長頸鹿	B）きり 霧

問題3

内容の正しいほうを選んでください。

請選出正確內容。

① もっと勉強しておけばよかったのに。

要是再多唸點書就好了啊……。

A） 勉強した。 唸了書。

B） 勉強しなかった。 沒有唸書。

② 知らなかった。今日までに提出しなきゃいけないんだと思ってた。

之前不知道。我還以為今天之前非交不可的耶。

A） 今日までに提出する。 今天之前要交。

B） 今日までに提出しなくてもいい。 今天之前沒交也沒關係。

③ カンニングなんてしなければよかった。

沒有作弊就好了。

A） カンニングした。 作弊了。

B） カンニングしなかった。 沒有作弊。

④ あそこにいたら、私たちもあぶなかったね。

如果在那裡，我們也會很危險耶！

A） あそこにいた。 人在那裡。

B） あそこにいなかった。 人沒有在那裡。

⑤ ほんと、あきらめないでよかった。

說真的，沒有放棄真好。

A）あきらめてしまった。 放棄了。

B）あきらめなかった。 沒有放棄。

⑥ マージャンはしないこともないよ。

也沒有不打麻將唷。

A）マージャンをする。 打麻將。

B）マージャンをしない。 不打麻將。

問題4

男の人と女の人が話しています。女の人の答えはどちらの意味ですか。正しいほうを選んでください。

男人和女人正在說話。女人的回答是哪個意思呢？請選出正確答案。

① 男：今日は早く帰るから、ご飯、作っといてね。

男：我今天會早回家，所以做好飯等我喔。

女：うん、分かった。

女：嗯，知道了。

A）ご飯を作っておいてあげる。 幫你做好飯。

B）ご飯を作っておかない。 沒有做好飯。

② 男：だいじょうぶですか。家に帰ったほうがいいんじゃないですか。

男：還好嗎？回家比較好不是嗎？

女：風邪をひいたとはいっても、そんなに熱はありませんから。

女：雖然說是感冒，但因為燒沒那麼高。

A）家に帰るほどじゃない。 沒有到要回家的程度。

B）家に帰って休みたい。 想回家休息。

③ 男：彼の運転の腕はどうですか。

男：他的開車技術如何呢？

女：ひどくはないんですけど……。

女：雖然不是差，但是……。

A）運転がひどくて怖い。 開車技術差很恐怖。

B）運転は下手ではないが、上手でもない。

雖然開車技術不是不好，但也不是厲害。

④ 男（おとこ）：すみません、タバコを吸（す）ってもいいですか。

男：不好意思，可以抽菸嗎？

女（おんな）：遠慮（えんりょ）していただけると助（たす）かるんですが……。

女：如果您迴避的話，將非常感謝。

A）吸（す）わないでほしい。 希望不要抽。

B）吸（す）ってもかまわない。 抽也沒關係。

⑤ 男（おとこ）：誕生日（たんじょうび）のプレゼント、ほしいものない？

男：生日禮物，有沒有什麼想要的東西呢？

女（おんな）：これといって……。

女：沒有什麼特別的……。

A）ほしいものがたくさんあって、決（き）められない。

因為想要的東西太多，無法決定。

B）ほしいものはない。 沒有想要的東西。

⑥ 男（おとこ）：もう結婚（けっこん）した？

男：你已經結婚了？

女（おんな）：まさか。

女：怎麼可能。

A）結婚（けっこん）しないわけがない。 不可能不結婚。

B）結婚（けっこん）するわけがない。 不可能結婚。

第 6～10 天

問題1「課題理解」

考試科目（時間）	題型			
	大題		內容	題數
聽解40分鐘	1	課題理解	聽取具體的資訊，選擇適當的答案，測驗是否理解接下來該做的動作	6
	2	重點理解	先提示問題，再聽取內容並選擇正確的答案，測驗是否能掌握對話的重點	6
	3	概要理解	測驗是否能從聽力題目中，理解說話者的意圖或主張	3
	4	説話表現	邊看圖邊聽說明，選擇適當的話語	4
	5	即時應答	聽取單方提問或會話，選擇適當的回答	9

問題 1 注意事項

❋「問題1」會考什麼？

聽取具體的資訊，選擇適當的答案，測驗是否理解接下來該做的動作。比方説判斷要買什麼東西、買幾本書或需要多少時間等等。

❋「問題1」的考試形式？

答題方式為先聽情境提示與問題，接著一邊看選項裡的文字，一邊聽對話中的資訊，然後再聽一次問題。最後從選項中選出正確答案。共有六個小題。

❋「問題1」會怎麼問？ MP3 06

・夫婦が何を食べるか相談しています。2人は今から何を食べますか。

夫妻正在討論要吃什麼。二個人接下來要吃什麼呢？

・男の学生と女の学生が作文のテーマについて話しています。女の学生は、何をテーマにしますか。

男學生和女學生就作文的題目正説著話。女學生決定把什麼當作題目呢？

・会社で課長と部下が相談しています。2人はいつ出かけますか。

公司裡課長和屬下正在商量。二個人何時出門呢？

問題 1 實戰練習

問題1

問題 1 では、まず質問を聞いてください。それから話を聞いて、問題用紙の1から4の中から、最もよいものを一つ選んでください。

1番 MP3 07

1. レストランで食事する

2. プールで泳ぐ

3. テニスをする

4. 動物園で動物を見る

2番 MP3 08

1. 夕方 6 時ごろ

2. 午後 3 時ごろ

3. 朝 10 時ごろ

4. 夜 8 時ごろ

3 番(ばん) MP3 09

1. 今週(こんしゅう)の土曜日(どようび)

2. 来週(らいしゅう)の土曜日(どようび)

3. 今週(こんしゅう)の水曜日(すいようび)

4. 来週(らいしゅう)の水曜日(すいようび)

4 番(ばん) MP3 10

1. ラーメン屋(や)で食事(しょくじ)する

2. 母(はは)の誕生日(たんじょうび)プレゼントを買(か)う

3. 同僚(どうりょう)とお酒(さけ)を飲(の)む

4. 「料理(りょうり)の鉄人(てつじん)」の店(みせ)に入(はい)る

5 番(ばん) MP3 11

1. ２８日(にじゅうはちにち)

2. 20日(はつか)

3. １８日(じゅうはちにち)

4. １４日(じゅうよっか)

6 番（ばん） MP3 12

1. 3（みっ）つ

2. 5（いつ）つ

3. 6（むっ）つ

4. 8（やっ）つ

問題 1 實戰練習解析

問題1

問題１では、まず質問を聞いてください。それから話を聞いて、問題用紙の1から4の中から、最もよいものを一つ選んでください。

問題1，請先聽問題。接下來聽會話，從試題紙的1到4裡面，選出一個最適當的答案。

（M：男性、男孩　F：女性、女孩）

1 番 MP3 07

ホテルのフロントで男の人と女の人が話しています。女の人はこのあと何をしますか。

F：すみません、プールはありますか。

M：はい。プールでしたら、屋上にございますが……。

F：どうやって行ったらいいですか。

M：階段の横にあるエレベーターを使って、１８階まで行ってください。エレベーターは１８階までです。それを出て右に行くと、レストランがあります。その横にある細い階段を上がると、プールが見えます。

F：分かりました。どうも。

M：あっ、でも今の時間はやってません。午前10時半から午後4時までとなっています。

F：そうですか。じゃ、今は何をしようかな。

M：ホテルから歩いて2分のところにテニスコートや動物園がありますが、いかがですか。

F：いいですね。私は動物がとても好きなんです。

M：それはよかった。割引券を差し上げますので、お使いください。

F：ありがとうございます。

女の人はこのあと何をしますか。

1. レストランで食事する
2. プールで泳ぐ
3. テニスをする
4. 動物園で動物を見る

男人和女人在飯店的櫃檯正説著話。女人接下來要做什麼呢？

F：不好意思，請問有游泳池嗎？

M：有。游泳池的話，在屋頂上……。

F：要怎麼去呢？

M：請搭樓梯旁的電梯，到十八樓。電梯只到十八樓。出了電梯向右走的話，有間餐廳。從餐廳旁一個窄窄的樓梯上去，就可以看到游泳池。

F：我知道了。謝了。

M：啊，不過現在這個時間沒有營業。是早上十點半到下午四點。

F：這樣啊。那麼，現在要做什麼才好呢？

M：從飯店走路二分鐘的地方，有網球場或是動物園，如何呢？

F：不錯耶。因為我非常喜歡動物。

M：那太好了。折扣券給您，請使用。

F：謝謝您。

女人接下來要做什麼呢？

1. 在餐廳用餐
2. 在游泳池游泳
3. 打網球
4. 在動物園看動物

答案：4

解析 聽解測驗的重點通常都是在最後，所以就算一開始聽不太懂，也無須心慌。本題亦然，重點在最後面的「テニスコートや動物園(どうぶつえん)がありますが、いかがですか。」（有網球場或是動物園，如何呢？）和「いいですね。私(わたし)は動物(どうぶつ)がとても好(す)きなんです。」（不錯耶。因為我非常喜歡動物。）故正確答案為選項4。

2番 MP3 08

母親が息子と話しています。おばあちゃんはいつごろ家に戻りましたか。

F：あさっては早めに家に帰りなさい。

M：どうして？

F：東京に行くの。おばあちゃん、救急車で病院に運ばれたんだって。

M：えっ、いつ？

F：昨日の夜8時ごろ。ご飯食べたあと急に気分が悪くなって、それでおじいちゃんが救急車呼んだんだって。

M：それで、だいじょうぶなの？

F：うん。もうだいぶよくなって、今朝10時ごろ家に帰ったそうよ。

M：よかった。でも心配だね。あさってじゃなくて、明日にしたら。

F：そうしたいんだけど、お母さん、明日は午後3時から用事があるの。

M：じゃ、それが終わったら、すぐに行けばいいじゃない。

F：大事なお客さんと会うから、夜遅くなると思うわ。それに、時間を気にしてたら、失礼だし。

M：うん、分かった。

おばあちゃんはいつごろ家に戻りましたか。

1. 夕方6時ごろ
2. 午後3時ごろ
3. 朝10時ごろ
4. 夜8時ごろ

母親和兒子正在說話。奶奶在何時左右回家了呢？

F：後天早點回家。

M：為什麼？

F：要去東京。聽說奶奶被救護車送到醫院了。

M：咦，什麼時候？

F：昨天晚上八點左右。聽說是吃完飯後，突然覺得不舒服，所以爺爺就叫了救護車。

M：後來呢？沒事吧？

F：嗯。聽說已經好多了，今天早上十點左右回家了喔。

M：太好了。不過還是擔心呢。不要後天，明天就去呢？

F：我也想這樣，但是媽媽明天下午三點開始有事情。

M：那麼，那個結束以後立刻去不就好了？

F：要和重要的客人見面，所以我想會到晚上很晚吧。而且，要是在意時間，（對對方）也很失禮。

M：嗯，知道了。

奶奶在何時左右回家了呢？

1. 傍晚六點左右
2. 下午三點左右
3. 早上十點左右
4. 晚上八點左右

答案：3

解析 應付聽解測驗還有另外一個訣竅，那就是「牢記題目在問什麼」。本題母親和兒子不斷商量到東京的時間，但是重點在問題中的「おばあちゃんはいつごろ家（うち）に戻（もど）りましたか。」（奶奶在何時左右回家了呢？）那就是「今朝（けさ）10時（じゅうじ）ごろ家（うち）に帰（かえ）ったそうよ。」（聽說今天早上十點左右回家了喔。）故正確答案為選項3。

3 番 MP3 09

男の人と女の人が話しています。2人はいつ映画を見に行きますか。

M：土曜日、映画でも見に行かない？

F：いいわね。

M：先週の水曜、新宿にできた新しい映画館、行ってみない？

F：あっ、そこ、雑誌で紹介されてた。カップルで見られる席があるんだよね。

M：そうそう。2人がけの大きいソファーで、寝ながら見られるんだ。それに飲み物とかデザートとか果物もついてるんだって。

F：じゃ、決まりね。でも、今度の土曜日はだめ。いとこが遊びに来るから。

M：それじゃ、日曜日は？

F：たぶんむり。いとこ、家に泊まっていくの。日曜日はどこかに連れて行かなきゃならないと思うんだ。金曜日の夜はどう？

M：クラブで遅くなる。これじゃ、その次の土曜だね。

F：うん、そうしよう。

2人はいつ映画を見に行きますか。

1. 今週の土曜日
2. 来週の土曜日
3. 今週の水曜日
4. 来週の水曜日

男人和女人正在說話。二個人何時要去看電影呢？

M：星期六，要不要去看個電影？

F ：好啊！

M：上個星期三，新宿新開了一家電影院，要不要去看看？

F ：啊，那裡，雜誌上有介紹。就是有情侶可以一起看的座位，對不對？

M：對、對。可以在二人座的大沙發上邊睡邊看。而且據說還有附飲料或是點心或是水果之類的。

F ：那麼，就決定囉。但是，這個星期六不行。因為我表妹要來玩。

M：那麼，星期天呢？

F ：應該不行。因為我表妹要住我們家。我想，星期天非帶她去哪裡不可。星期五晚上如何呢？

M：因為有社團會很晚。這樣的話，就下個星期六吧！

F ：嗯，就這樣吧！

二個人何時要去看電影呢？

1. 這個星期六
2. 下個星期六
3. 這個星期三
4. 下個星期三

答案：2

解析 首先，「いとこ」意為「堂（表）兄弟姊妹」，這裡暫且翻譯成表妹。再者，聽解測驗一定會考「時間」相關問題，也就是考「約定什麼時間」。應考時，可一邊聽，一邊瀏覽選項，用刪去法，陸續刪去不可能的答案，最後聽到重點，再度確認答案是否正確。本題的關鍵句為「今度の土曜日はだめ。」（這個星期六不行。）其中「今度」這個字很麻煩，因為它有二個意思，分別為「這回」和「下回」。幸而會話的最後出現「その次の土曜だね。」（就下個星期六吧！）故正確答案為選項2。

4番 MP3 10

男の人と女の人が話しています。2人はこのあと何をしますか。

F：あっ、ここ、昨日テレビで紹介してたお店じゃない？

M：「料理の鉄人」に出てるあの人の店？

F：そうそう、イタリア料理の鉄人。

M：おいしそうだったよね。

F：うん。入ってみない？この時間なら、人も少なそうだし……。

M：でも、高そうだよ。さっきデパートであんなにお金使っちゃっただろう。それに、明日また友達と酒を飲む約束してるし……。

F：そういえば、私もお母さんの誕生日プレゼント買うんだった。お金残しておかなきゃ。

M：じゃ、来月にしよう。俺がおごるから。

F：本当？じゃ、がまんする。でも、私おなかすいてきちゃった。

M：となりのラーメン屋さんはどう？

F：賛成！

2人はこのあと何をしますか。

1. ラーメン屋で食事する
2. 母の誕生日プレゼントを買う
3. 同僚とお酒を飲む
4. 「料理の鉄人」の店に入る

男人和女人正在說話。二個人接下來要做什麼呢？

F：啊，這裡，不就是昨天電視上介紹過的那家店？

M：在「料理鐵人」出現的那個人的店？

F：對、對，義大利料理的鐵人。

M：（昨天電視裡）看起來好好吃，對不對？

F：嗯。要不要進去看看？這個時間的話，人好像很少……。

M：但是，看起來很貴耶！剛剛在百貨公司花了那麼多錢不是嗎？而且，明天又和朋友約了喝酒……。

F：說到這個，我也買了我媽媽的生日禮物。不留點錢不行。

M：那麼，下個月吧！我請妳。

F：真的？那麼，我會忍耐。但是，我肚子餓了。

M：隔壁的拉麵店如何？

F：贊成！

二個人接下來要做什麼呢？

1. 在拉麵店吃東西
2. 買母親的生日禮物
3. 和同事喝酒
4. 進「料理的鐵人」的店

答案：1

解析 本題的重點依然在最後。最後「来月（らいげつ）にしよう。俺（おれ）がおごるから。」（下個月吧！我請妳。）、「じゃ、がまんする。」（那麼，我會忍耐。）以及「となりのラーメン屋（や）さんはどう？」（隔壁的拉麵店如何？）、「賛成（さんせい）！」（贊成！）這四句話。若知道意思，便知道他們不會進去從頭到尾說的那家名店，而是去了眼前的拉麵店。故正確答案為選項1。

5番 MP3 11

先生が学生に話しています。学生はいつまでにレポートを提出しなければなりませんか。

F：木村さん、この間の宿題はもうできましたか。

M：えっ？どの宿題のことですか。

F：「環境問題」についてのレポートです。

M：すっかり忘れてました。すみません。

F：提出までまだ時間がありますから、今日からがんばりなさい！

M：はい。先生、すみません、提出日は２８日でしたっけ。

F：まったく……。授業中寝てたの？

M：いえ、最近レポートの宿題があまりに多くて、頭が混乱しちゃって……。２８なら、今日からがんばらなくても、まだ時間がありますね。

F：何言ってるの。それより8日前よ！

M：えっ、それじゃ、あと4日しかないじゃないですか。

F：そうよ。資料も集めなきゃならないし、今日からしっかりやりなさい！

M：はい、がんばります。

学生はいつまでにレポートを提出しなければなりませんか。

1. ２８日
2. 20日
3. １８日
4. １４日

老師正對著學生說話。學生在何時之前非交報告不可呢？

F：木村同學，之前的作業已經完成了嗎？

M：咦？哪一個作業啊？

F：有關「環境問題」的報告。

M：我完全忘了。對不起。

F：到繳交為止還有時間，所以從今天開始加油！

M：好。老師，對不起，之前說繳交日是二十八日嗎？

F：真是的……。上課是在睡覺嗎？

M：沒有，最近報告的作業太多，所以腦子一片混亂……。二十八號的話，就算不從今天開始努力，也還有時間吧！

F：你在說什麼！是在那之前的八天啦！

M：咦，那麼，不就只剩四天而已？

F：沒錯！而且還要收集資料，所以從今天開始就好好做！

M：好，我會努力。

學生在何時之前非交報告不可呢？

1. 二十八日
2. 二十日
3. 十八日
4. 十四日

答案：2

解析 整段會話的重點，在於以下二句話。重點一，「**提出日**（ていしゅつび）**は２８日**（にじゅうはちにち）**でしたっけ。**」（之前說繳交日是二十八日嗎？）句中的「～っけ」意為「是不是～來著」，用於自己記不清楚時的確認，所以二十八日並非正確的日期。重點二，「**それより8日前**（ようかまえ）**よ！**」（是在那之前的八天啦！）句中的「**それ**」指的是學生認為的二十八日，而「**より**」意為「比～」，所以是「比二十八日早八天」，也就是二十日。故正確答案為選項2。

6番 MP3 12

夫婦が電話で話しています。奥さんはプリンをいくつ食べましたか。

F：もしもし、私だけど。

M：ああ、食事会、もう終わったのか？

F：ええ、さっきお友達と別れたところ。

M：そう。料理はどうだった？

F：もちろんおいしかったわよ。さすが一流ホテルだけあるわ。でもね、特においしかったのは何だと思う？

M：何？

F：プリン。

M：プリン？たかがプリンだろ。

F：最初は私もそう思ってがっかりしたのよ。でも、食べてみてびっくり！口当たりがまろやかで、ほんのり甘くて、飲み込むのがもったいないくらい。1つじゃ足りなくて、また注文しちゃったほどおいしかったの。

M：で、全部でいくつ食べたんだ？

F：3つかしら。

M：6つ？

F：ちがうわよ、3つよ。どんなに私が食いしん坊でも、プリンを6つも8つも食べないわよ。

M：いや、3つだってすごいと思うけど。おみやげに俺にも買ってきてくれよ。

F：そう言うと思って、5つ買ったわ。

奥(おく)さんはプリンをいくつ食(た)べましたか。

1. 3(みっ)つ
2. 5(いつ)つ
3. 6(むっ)つ
4. 8(やっ)つ

夫婦正在電話中説話。太太吃了幾個布丁呢？

F：喂喂，是我。

M：啊，餐會，已經結束了嗎？

F：嗯，剛和朋友分手。

M：這樣啊。菜怎麼樣？

F：當然好吃啊！果然只有一流的飯店才有。但是啊，你猜什麼特別好吃？

M：什麼？

F：布丁。

M：布丁？不就是布丁嗎？

F：一開始我也這麼認為，還有點失望呢。但是吃吃看以後，嚇了一跳！入口的感覺好柔滑，微微的甜，幾乎都覺得吞下去可惜。好吃到覺得一個還不夠，馬上又再點。

M：所以，總共吃了幾個？

F：三個吧。

M：六個？

F：不是啦，是三個啦。我再怎麼愛吃，布丁也不會吃到六個、八個的！

M：不，就算三個，我也覺得很厲害了。當禮物買回來給我啦！

F：我就知道你會這麼説，所以買五個了。

太太吃了幾個布丁呢？

1. 三個

2. 五個

3. 六個

4. 八個

答案：1

解析 整段會話有難度，但是考的重點反而是最基本的和語數量詞，因為這的確是日常生活中最常用到的。「1(ひと)つ」（一個）、「2(ふた)つ」（二個）、「3(みっ)つ」（三個）、「4(よっ)つ」（四個）、「5(いつ)つ」（五個）、「6(むっ)つ」（六個）、「7(なな)つ」（七個）、「8(やっ)つ」（八個）、「9(ここの)つ」（九個）、「10(とお)」（十個）。張開嘴唸唸看，並記下來吧！

聽解必考句型 1 MP3 13

1 うちに　在……期間、趁著……時

與表示某段時間的表達方式一起使用。表示在某個狀態持續的期間或在這段時間內的意思。

・忘れないうちにメモしておきましょう。

趁著還沒忘掉時記好筆記吧。

・父が元気なうちに、いっしょに海外旅行をするつもりだ。

打算趁父親身體還健康時，一起去海外旅行。

・本を読んでいるうちに、いつの間にか眠ってしまった。

看著書，不知不覺就睡著了。

2 もんか　絕不……、哪能……、怎麼會……呢

表示強烈否定的情緒，「ものか」的口語說法，伴隨下降的聲調使用。在較輕鬆隨便的會話中出現。女性用的禮貌語為「もんですか」。

・こんな難しい問題、子供にできるもんか。

這麼難的問題，小孩子哪會呢！

・あんなまずい店、二度と行くもんか。

那種難吃的店，絕對不會再去！

・何度誘われたって、誰が行くもんか。

就算被邀了好幾次，誰會去呢！

3 むけに　針對……、以……為對象

表示「為對象而做出……」的意思。類似的説法有「ように」或「むきに」。漢字為「向けに」。

・これはN３の受験者むけに書かれた本です。

這是以N3的考生為對象所寫的書。

・小学生むけに作られた辞書は字が大きくて見やすい。

針對小學生出的辭典，字大容易看。

・輸出むけに作られた製品は、かなり高品質だそうだ。

據説針對出口所製的產品，品質相當高。

4 にすぎない　只不過……而已、只是……

表示「只是……」的意思，帶有「這並不重要」的語氣。漢字為「に過ぎない」，但較常使用假名。

・ロボットは人間が作った機械にすぎない。

機器人只不過是人類所製造的機器而已。

・うちのクラスで台湾大学に受かった人は、一人にすぎなかった。

我班上考上台灣大學的人，只不過一個人而已。

・彼女が泣いちゃうなんて思わなかった。からかったにすぎないのに。

沒想到她會哭。只不過是調戲而已……。

5 ばかりに　就因為……、只是因為……

表示「就是因為那件事的緣故」的意思。後面接續的內容多是處於壞的結果、狀態或是發生了壞的事情。

・長男(ちょうなん)であるばかりに、両親(りょうしん)はとても厳(きび)しい。

只因為是長男，父母就非常嚴格。

・彼(かれ)の言葉(ことば)を信(しん)じたばかりに、ひどいめにあった。

只是因為相信他的話，就吃了苦頭。

・テストが多(おお)いばかりに、日本語(にほんご)の授業(じゅぎょう)が嫌(きら)いになってしまった。

只是因為考試很多，就變得不喜歡日文課了。

6 きる / きれる　完成、做完

接在動詞連用形之後，給該動詞所表示的動作添加種種的意義。表示「把……做到最後」、「把……做完」的意思。漢字為「切(き)る / 切(き)れる」。

・今日中(きょうじゅう)にこの小説(しょうせつ)を読(よ)みきるつもりだ。

打算今天內看完這本小說。

・あの携帯(けいたい)は発売(はつばい)と同時(どうじ)に売(う)りきれてしまった。

那支手機在發售的同時就賣光了。

・もう今月(こんげつ)のお金(かね)を使(つか)いきってしまった。

已經把這個月的錢用光了。

7 なんとしても　無論怎麼樣也……

表示「用盡各種手段也要……」或「無論如何努力也……」等意思。用法與意義類似「どうしても」（再怎麼也……）。

・なんとしてもあの大学（だいがく）に入（はい）りたい。

無論怎麼樣也想進那個大學。

・なんとしても彼女（かのじょ）に追（お）いつくことはできなかった。

再怎麼樣也追不上她。

・なんとしても陳（ちん）くんには負（ま）けたくない。

無論怎麼樣也不想輸給陳同學。

8 かねない　有可能……、很可能……

表示「有這種可能性或危險性」的意思。意思雖與「かもしれない」（說不定……）、「ないとはいえない」（雖不能說不是……）等相近，但只能用於說話者對某事物的負面評價。

・あいつのことだから、人（ひと）に言（い）いかねないよ。

因為是那個傢伙，所以有可能會跟別人說唷。

・そんなにがんばったら、体（からだ）を壊（こわ）しかねないよ。

那麼努力的話，也有可能搞壞身體喔。

・ただの風邪（かぜ）だからといって病院（びょういん）に行（い）かないと、たいへんな病気（びょうき）になりかねない。

說是只是感冒就不去醫院的話，很可能會轉變成重病。

聽解必背單字 1 MP3 14

身體篇

1 頭部（とうぶ） 1 名 頭部

頭（あたま） 3 名 頭

髪（かみ） 2 名 頭髮

髪の毛（かみのけ） 2 3 名 頭髮

長髪（ちょうはつ） 0 名 長髮

短髪（たんぱつ） 0 名 短髮

禿げ（はげ） 1 名 禿頭

前髪（まえがみ） 0 名 瀏海

髪型（かみがた） 0 名 髮型

黒髪（くろかみ） 0 名 黑髮

金髪（きんぱつ） 0 名 金髮

白髪（しらが） 3 名 白髮

毛髪（もうはつ） 0 名 毛髮

染める（そめる） 0 動 染（髮）

ひげ 0 名 鬍鬚

剃る（そる） 1 動 剃（鬍鬚）

顔（かお） 0 名 臉

額（ひたい） / おでこ 0 / 2 名 額頭

目玉（めだま） 3 名 眼珠

目（め） 1 名 眼睛

肉眼（にくがん） 0 名 肉眼

瞳（ひとみ） 0 名 瞳孔

まぶた 1 名 眼皮

両目（りょうめ） 0 名 雙眼

片目（かため） 0 名 單眼

視力（しりょく） 1 名 視力

視力（しりょく）がいい 視力好

視力（しりょく）が悪い（わるい） 視力不好

見る（みる） 1 動 看

見える（みえる） 2 動 看得見

見えない（みえない） 2 動 看不見

眉（まゆ） / 眉毛（まゆげ） 1 / 1 名 眉、眉毛

まつ毛（まつげ） 1 名 睫毛

耳（みみ） 2 名 耳朵

聞く（きく） / 聴く（きく） 0 / 0 動 聽

聞こえる（きこえる） / 聴こえる（きこえる） 0 / 0 動 聽得見

聞(き)こえない / 聴(き)こえない 0 / 0 動 聽不見

鼻(はな) 0 名 鼻子

鼻(はな)が低(ひく)い 鼻子塌

鼻(はな)が高(たか)い 鼻子挺

匂(にお)う 2 動 聞到

臭(にお)う 2 動 聞到（臭味）

口(くち) 0 名 嘴

歯(は) 1 名 牙齒

唇(くちびる) 0 名 嘴唇

舌(した) / べろ 2 / 1 名 舌頭

虫歯(むしば) 0 名 蛀牙

あご 2 名 下巴

喉(のど) 1 名 喉嚨

首(くび) 0 名 脖子

首筋(くびすじ) 0 名 脖子、頸子

2 上半身（じょうはんしん） 3 名 上半身

肌（はだ）/ 皮膚（ひふ） 1 / 1 名 肌膚、皮膚

しわ 2 名 皺紋

腕（うで） 2 名 手臂、胳膊

ひじ 2 名 手肘

片腕（かたうで） 0 名 單隻手臂

両腕（りょううで） 0 名 雙臂

こぶし 0 名 拳頭

片手（かたて） 0 名 單手

両手（りょうて） 0 名 雙手

手首（てくび） 1 名 手腕

手（て） 1 名 手

指（ゆび） 2 名 指頭

親指（おやゆび） 0 名 大拇指

中指（なかゆび） 2 名 中指

人差し指（ひとさしゆび） 4 名 食指

薬指（くすりゆび） 3 名 無名指

小指（こゆび） 0 名 小指

爪（つめ） 0 名 指甲

指紋（しもん） 0 名 指紋

手の平（てのひら）/ 掌（てのひら） 1 / 1 名 手掌

肩（かた） 1 名 肩膀

胸（むね） 2 名 胸部

胸が大きい（むねがおおきい） 胸部大

胸が小さい（むねがちいさい） 胸部小

乳房（ちぶさ） 1 名 乳房

背中（せなか） 0 名 背

腹（はら）/ おなか 2 / 0 名 腹部

へそ 0 名 肚臍

脇の下（わきのした） 3 名 腋下

腰（こし） 0 名 腰

3 下半身（かはんしん） 2 名 下半身

足（あし） 2 名 腳

尻（しり） 2 名 屁股

膝（ひざ） 0 名 膝蓋

股（また） 2 名 胯

足首（あしくび） 2 3 名 腳踝

足の甲（あしのこう） 4 名 腳背

つま先（つまさき） 0 名 腳尖

かかと 0 名 腳後跟

肛門（こうもん） 0 名 肛門

ふくらはぎ 3 名 小腿

太もも（ふともも） 0 名 大腿

大根足（だいこんあし） 3 名 蘿蔔腿

4 体格（たいかく） 0 名 體格

全身（ぜんしん） 0 名 全身

人体（じんたい） 1 名 人體

肉体（にくたい） 0 名 肉體

骨（ほね） 2 名 骨頭

肥満（ひまん） 0 名 肥胖

痩せる（やせる） 0 動 瘦、消瘦

太る（ふとる） 2 動 胖

痩せている（やせている） 0 動 瘦（了）

太っている（ふとっている） 2 動 胖（了）

がりがり 4 ナ形 瘦巴巴

でぶ 1 名 胖子

スマート 2 ナ形 苗條、瀟灑

体重（たいじゅう） 0 名 體重

ダイエット 1 名 減重、減肥

5 命（いのち） 1 名 命

生命（せいめい） 1 名 生命

生きる（い） 2 動 活

生存（せいぞん） 0 名 生存

出生（しゅっせい） 0 名 出生

生まれる（う） 0 動 出生

誕生（たんじょう） 0 名 誕生

育つ（そだ） 2 動 發育、成長

育てる（そだ） 3 動 撫育、養育

成長（せいちょう） 0 名 成長

成熟（せいじゅく） 0 名 成熟

老いる（お） 2 動 衰老

老化（ろうか） 0 名 老化

老ける（ふ） 2 動 老、上年紀

長生き（ながい） 3 4 名 長壽

寿命（じゅみょう） 0 名 壽命

平均寿命（へいきんじゅみょう） 5 名 平均壽命

死（し） 1 名 死

生死（せいし） 1 名 生死

死ぬ（し） 0 動 死

自殺（じさつ） 0 名 自殺

亡くなる（な） 0 動 去世

死亡（しぼう） 0 名 死亡

6 病気（びょうき） 0 名 病

健康（けんこう） 0 名 健康

体調（たいちょう） 0 名 身體狀況

治療（ちりょう）/ 手当て（てあて） 0 / 1 名 治療

治す（なおす） 2 動 治療

治る（なおる） 2 動 治好、痊癒

悪化（あっか） 0 名 惡化

快復（かいふく） 0 名 恢復

血圧（けつあつ） 0 名 血壓

高血圧（こうけつあつ） 3 4 名 高血壓

低血圧（ていけつあつ） 3 4 名 低血壓

脈（みゃく） 2 名 脈搏

体温（たいおん） 1 名 體溫

痛い（いたい） 2 イ形 痛的

頭痛（ずつう） 0 名 頭痛

腹痛（ふくつう） 0 名 肚子痛

腰痛（ようつう） 0 名 腰痛

貧血（ひんけつ） 0 名 貧血

だるい 2 イ形 懶倦的、發痠的

痒い（かゆい） 2 イ形 癢的

苦しい（くるしい） 3 イ形 痛苦的

吐き気（はきけ） 3 名 噁心、想吐

過労（かろう） 0 名 過勞

発作（ほっさ） 0 名 發作

下痢（げり） 0 名 拉肚子

便秘（べんぴ） 0 名 便祕

症状（しょうじょう） 3 名 症狀

癌（がん） 1 名 癌症

肺炎（はいえん） 0 名 肺炎

風邪（かぜ） 0 名 感冒

インフルエンザ 5 名 流行性感冒

注射（ちゅうしゃ） 0 名 注射、打針

麻酔（ますい） 0 名 麻醉

検査（けんさ） 1 名 檢查

手術（しゅじゅつ） 1 名 手術

輸血（ゆけつ） 0 名 輸血

救急車（きゅうきゅうしゃ） 3 名 救護車

7 薬（くすり） 0 名 藥

薬局（やっきょく） 0 名 藥局

薬剤師（やくざいし） 3 名 藥劑師

医薬品（いやくひん） 0 名 醫藥品

抗生物質（こうせいぶっしつ） 5 名 抗生素

錠剤（じょうざい） 0 名 藥片、藥丸

粉薬（こなぐすり） 3 名 藥粉

飲み薬（のみぐすり） 3 名 藥水

処方（しょほう） 0 名 處方

処方せん（しょほうせん） 0 名 處方箋

カプセル 1 名 膠囊

ビタミン剤（ざい） 3 名 維他命

痛み止め（いたみどめ） 0 名 止痛藥

アレルギー 3 名 過敏

副作用（ふくさよう） 3 名 副作用

目薬（めぐすり） 2 名 眼藥

漢方薬（かんぽうやく） 3 名 中藥

点滴（てんてき） 0 名 點滴

栄養（えいよう） 0 名 營養

休養（きゅうよう） 0 名 休養

健康保険証（けんこうほけんしょう） 0 名 健保卡

薬をもらう（くすり） 拿藥

薬を飲む（くすり、の） 吃藥

8 病院(びょういん) 0 名 醫院

診察所(しんさつじょ) 5 名 診所

医者(いしゃ) 0 名 醫生

看護師(かんごし) 3 名 護士

病人(びょうにん) 0 名 病人

患者(かんじゃ) 0 名 患者

内科(ないか) 0 名 內科

外科(げか) 0 名 外科

耳鼻咽喉科(じびいんこうか) 1 名 耳鼻喉科

小児科(しょうにか) 0 名 小兒科

脳外科(のうげか) 3 名 腦外科

歯科(しか) 1 2 名 牙科

眼科(がんか) 0 名 眼科

皮膚科(ひふか) 0 名 皮膚科

産婦人科(さんふじんか) 0 名 婦產科

胃腸内科(いちょうないか) 4 名 胃腸內科

整形外科(せいけいげか) 5 名 整形外科

リハビリ 0 名 復健

入院(にゅういん) 0 名 住院

退院(たいいん) 0 名 出院

問題2「重點理解」

考試科目（時間）	題型			
	大題		內容	題數
聽解 40分鐘	1	課題理解	聽取具體的資訊，選擇適當的答案，測驗是否理解接下來該做的動作	6
	2	重點理解	先提示問題，再聽取內容並選擇正確的答案，測驗是否能掌握對話的重點	6
	3	概要理解	測驗是否能從聽力題目中，理解説話者的意圖或主張	3
	4	説話表現	邊看圖邊聽説明，選擇適當的話語	4
	5	即時應答	聽取單方提問或會話，選擇適當的回答	9

問題 2 注意事項

❋「問題2」會考什麼？

先確認問題的提示，再聽取內容並選擇正確的答案，本大題主要測驗是否能掌握對話的重點。最常出現的問題是「どうして」（為什麼），要考生找出事情發生的原因、理由或對象等。

❋「問題2」的考試形式？

答題方式為先聽問題，然後才看試題本上的文字選項。所以一開始聽的時候，要先掌握被問的是時間或原因等，再用刪除法決定答案。共有六個小題。

❋「問題2」會怎麼問？ MP3 15

・男の人が昨日買ったシャツについて、お店の人と話しています。男の人は、どうしてシャツを取りかえたいのですか。

男人就昨天買的襯衫，正和店裡的人說話。男人為什麼想換襯衫呢？

・2人の社員が、会社の入口にあるポスターを見て話しています。2人はどこに行くことにしましたか。

二個員工，正看著公司入口處的某張海報說著話。二人決定要去哪裡了呢？

・男の人と女の人がスーパーで話しています。女の人はこれからどこへ行きますか。

男人和女人正在超級市場說話。女人接下來要去哪裡呢？

問題 2 實戰練習

問題2

問題2では、まず質問を聞いてください。そのあと、問題用紙を見てください。読む時間があります。それから話を聞いて、問題用紙の1から4の中から、最もよいものを一つ選んでください。

1番 MP3 16

1. 会社の給料が少ないから

2. 同僚とうまくいかないから

3. 病気で入院するから

4. 実家に戻るから

2番 MP3 17

1. 映画を見る

2. ボーリングをする

3. 男の人の家でＤＶＤを見る

4. カラオケをする

3 番(ばん) MP3 18

1. うるさくて夜(よる)眠(ねむ)れないから

2. 家(いえ)が汚(よご)れるから

3. かまれたことがあるから

4. いやな臭(にお)いがするから

4 番(ばん) MP3 19

1. 資料(しりょう)を家(うち)に届(とど)けてほしい

2. 資料(しりょう)を隠(かく)しておいてほしい

3. 資料(しりょう)をファックスしてほしい

4. 資料(しりょう)の内容(ないよう)を読(よ)んでほしい

5 番(ばん) MP3 20

1. 8両目(はちりょうめ)の座席(ざせき)の上(うえ)

2. 8両目(はちりょうめ)の網棚(あみだな)の上(うえ)

3. 1両目(いちりょうめ)の座席(ざせき)の上(うえ)

4. 1両目(いちりょうめ)の網棚(あみだな)の上(うえ)

6 番 MP3 21

1. 味噌ラーメンの辛いのを1つと辛くないのを1つ、餃子を1つ

2. 辛いのと普通の味噌ラーメンを1つずつ、醤油ラーメンの餃子セットを1つ

3. 味噌ラーメンの辛いのと辛くないのを1つずつ、醤油ラーメンを1つ

4. 辛い味噌ラーメンを1つと辛い醤油ラーメンを1つ

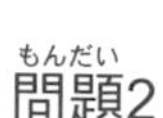 問題 2 實戰練習解析

問題2

問題2では、まず質問を聞いてください。そのあと、問題用紙を見てください。読む時間があります。それから話を聞いて、問題用紙の1から4の中から最もよいものを一つ選んでください。

問題2，請先聽問題。之後，請看試題紙。有閱讀的時間。接下來聽會話，從試題紙的1到4裡面，選出一個最適當的答案。

（M：男性、男孩　F：女性、女孩）

1番 MP3 16

男の人と女の人が話をしています。男の人はどうして仕事をやめますか。

F：村田くん、仕事、やめるんだって？

M：ああ、もう知ってるの？

F：昨日、部長たちが話してるのを聞いちゃって……。でも、どうして？最近、業績もすごく上がって、調子よかったじゃない。

M：俺だって、本当はやめたくないんだ。同僚とも気が合うし、給料も上がったし、これからって時だったんだけど……。

F：病気とか？それとも他に何か理由があるの？

M：じつはうちの父親、体の調子がよくなくて。俺んち、北海道なんだけど、牧場を経営しててさ。子供は俺1人だけだから、実家に帰って父親の仕事を継がなきゃって。

F：そう。じゃ、仕方がないわね。家族より大事なものはないもの。

M：うん、俺もそう思う。

F：がんばってね。

M：ありがとう。

男の人はどうして仕事をやめますか。

1. 会社の給料が少ないから
2. 同僚とうまくいかないから
3. 病気で入院するから
4. 実家に戻るから

男人和女人正在說話。男人為什麼要辭掉工作呢？

F：村田先生，工作，聽說你要辭掉？

M：啊，妳已經知道啦？

F：昨天，聽到部長們說的話……。但是，為什麼呢？最近業績也提升非常多，狀況很好不是嗎？

M：我，其實也不想辭。雖然和同事也合得來，薪水也調升了，接下來，就是我（可以好好表現）的時候了，但是……。

F：生病了嗎？還是有其他什麼理由呢？

M：其實是我父親，身體的狀況不好。我家是在北海道，經營著牧場。小孩只有我一個，所以非回老家繼承我父親的工作不可。

F：這樣啊。那麼，就沒辦法了。沒有比家人更重要的東西了。

M：嗯，我也這麼覺得。

F：加油喔。

M：謝謝。

男人為什麼要辭掉工作呢？

1. 因為公司的薪水很少
2. 因為和同事相處得不好
3. 因為生病住院
4. 因為要回老家

答案：4

解析 應考聽解有二個重點，第一，牢記問題問的是什麼；第二，關鍵答案幾乎都在整段對話的最後。本題最關鍵的一句話在「子供（こども）は俺（おれ）1人（ひとり）だけだから、実家（じっか）に帰（かえ）って父親（ちちおや）の仕事（しごと）を継（つ）がなきゃって。」（小孩只有我一個，所以非回老家繼承我父親的工作不可。）句中的「継（つ）がなきゃ」是「継（つ）がなければならない」（非繼承不可）的口語和省略形式，故正確答案為選項4。

2番 MP3 17

男の人が女の人をデートに誘いました。2人はデートで何をしますか。

M：新宿の駅前に大きいボーリング場ができたの、知ってる？

F：へー、初めて聞いた。

M：中に映画館とかゲームセンターとかもあるらしいよ。

F：ゲームは苦手。私、うるさいの嫌いなの。

M：そうなんだ。じゃ、カラオケも好きじゃないね。

F：うん。静かな場所が好き。

M：分かった。じゃ、映画でも見ようか。

F：映画、大好き！でも、最近はあんまりいい映画ないんだよね。

M：それじゃ、家に来ない？おいしいものたくさん買って、ＤＶＤ見ながら食べるってのはどう？

F：でも、私達、まだそういう関係じゃないし……。

M：それはそうだね。ごめん。

F：ううん、でも、誘ってもらってうれしい！私、うるさいところは苦手だけど、ボーリングとか運動する場所ならだいじょうぶよ。体を動かすの、好きだし。

M：よかった。じゃ、そうしよう！

2人はデートで何をしますか。

1. 映画を見る
2. ボーリングをする
3. 男の人の家でＤＶＤを見る
4. カラオケをする

男人邀約了女人。二個人在約會時要做什麼呢？

M：妳知道新宿車站前面蓋了一間大的保齡球館嗎？

F：咦，第一次聽到。

M：裡面好像也有電影院或是電玩中心喔！

F：電玩我不行。我討厭吵。

M：這樣啊！那麼，也不喜歡卡拉OK囉。

F：嗯。我喜歡安靜的地方。

M：知道了。那麼，去看個電影吧！

F：電影，我最愛！但是最近沒什麼好電影吧！

M：那麼，要不要到我家？買很多好吃的東西，一邊看DVD一邊吃，如何？

F：但是，我們，還不是那種關係……。

M：妳說的是沒錯啦。對不起。

F：不會啦，不過你約我，我很高興！我，雖然不喜歡吵鬧的地方，但是保齡球場等等運動的地方沒問題喔！而且我喜歡動動身體。

M：太好了。那麼，就那樣吧！

二個人約會時要做什麼呢？

1. 看電影
2. 打保齡球
3. 在男人的家看DVD
4. 唱卡拉OK

答案：2

解析 本題的重點亦在最後，女人這個也不行、那個也不妥，但是最後說出「うるさいところは苦手（にがて）だけど、ボーリングとか運動（うんどう）する場所（ばしょ）ならだいじょうぶよ。」（雖然不喜歡吵鬧的地方，但是保齡球場或是運動的地方沒問題喔！）故正確答案為選項2。

3番 MP3 18

男の人と女の人がペットショップで話しています。男の人が犬嫌いなのはどうしてですか。

F：見て見て、かわいい。

M：何？

F：あそこにいる毛がふさふさで目が青い猫。

M：ぐっすり寝てるね。ぬいぐるみみたい。

F：うん。飼いたいな。

M：でも毛が抜けると、家が汚れるよ。服にも毛がいっぱいつくし。小さいころ飼ってて、大変だったんだ。

F：それもそうね。じゃ、犬は？犬なら外で飼えばいいもの。

M：だめだよ！俺、犬は苦手なんだ。

F：どうして？

M：昔、かまれて血だらけになったことがあるんだ。それ以来、怖くて。

F：でも、見てよ、あの小犬。ぜったいかんだりしないわよ。ほら、店員さんの手をなめてる。

M：ワンワン鳴いてうるさいと思うよ。

F：ほとんど鳴かない犬だっているのよ。

M：だめだめ、犬だけはだめ！！ぜったいだめ！

男の人が犬嫌いなのはどうしてですか。

1. うるさくて夜眠れないから
2. 家が汚れるから
3. かまれたことがあるから
4. いやな臭いがするから

男人和女人正在寵物店裡說話。男人之所以討厭狗，是為什麼呢？

F：你看你看，好可愛。

M：什麼？

F：就是在那裡那隻毛絨絨、藍色眼睛的貓。

M：睡得好熟喔。好像絨毛娃娃。

F：嗯。好想養喔。

M：但是掉毛的話，家裡會髒喔！衣服上也會沾很多毛。我小時候養過，很麻煩。

F：說的也是。那麼，狗呢？狗的話養在外面就好了。

M：不行啦！我怕狗。

F：為什麼？

M：我以前曾被咬得全是血。從那以後，就很怕。

F：但是，你看嘛，那隻小狗。絕對不會咬人什麼的。你看，牠還在舔店員的手。

M：我覺得汪汪叫地很吵吔！

F：也有幾乎都不叫的狗啊！

M：不行不行，只有狗不行！！絕對不行！

男人之所以討厭狗，是為什麼呢？

1. 因為吵，晚上睡不著
2. 因為家裡會弄髒
3. 因為曾經被咬過
4. 因為會發出討厭的臭味

答案：3

解析 本題的重點，不在於要買貓或者是狗，還是探討牠們有多可愛，而是必須記住問題是「男の人が犬嫌いなのはどうしてですか。」（男人之所以討厭狗，是為什麼呢？）然後一邊聽會話，一邊找出答案，故正確答案為選項3。

4番 MP3 19

男の人と女の人が電話で話しています。女の人はどうしてほしいと言っていますか。

F：もしもし、藤原です。

M：ああ、藤原さん？どうしたの？

F：木村さん、まだ会社ですか。

M：そうだけど。

F：よかった。じつは忘れ物しちゃって……。

M：大事なもの？

F：ええ、明日の会議の資料なんです。

M：心配なら、どこか見えにくい場所に隠しておいてあげるけど……。

F：いえ、そうじゃないんです。明日みんなの前で話さなきゃならないので、家で練習しておこうと思って。でも、今から会社に戻ると、2時間半くらいかかっちゃうので、よかったらファックスしてもらえないかなと思って。

M：いいよ。そのくらいのことなら、ぼくにまかせて。家まで届けてあげてもいいけど。

F：いえいえ、そんなわけには……。

M：じょうだんだよ。番号、教えて。今すぐ送ってあげるから。

F：ありがとうございます。

女の人はどうしてほしいと言っていますか。

1. 資料を家に届けてほしい

2. 資料を隠しておいてほしい

3. 資料をファックスしてほしい

4. 資料の内容を読んでほしい

男人和女人正在電話中說話。女人希望（男人幫她）做什麼呢？

F：喂喂，我是藤原。

M：啊，藤原小姐嗎？怎麼了？

F：木村先生，你還在公司嗎？

M：是啊。

F：太好了。其實，是我忘了東西……。

M：重要的東西？

F：是的，是明天開會的資料。

M：擔心的話，我幫妳藏在不容易被看到的哪個地方……。

F：不，不是那樣的。是因為明天非在大家前面發表不可，所以想在家預先練習。但是，現在要是回公司，要花二個半小時左右，所以才想說，如果可以的話，可以傳真給我嗎？

M：好啊！這種小事包在我身上。就算幫妳送到家也可以。

F：不、不，我不是那種意思……。

M：開玩笑的啦！號碼，告訴我。現在馬上幫妳傳。

F：謝謝。

女人希望（男人幫她）做什麼呢？

1. 希望（男人幫她）把資料送到家裡

2. 希望（男人幫她）把資料藏起來

3. 希望（男人幫她）傳真資料

4. 希望（男人幫她）唸資料的內容

答案：3

解析 本題最重要的是聽得懂問句「女の人はどうしてほしいと言っていますか。」（女人希望（男人幫她）做什麼呢？）句中的「どうしてほしい」很容易被誤以為是「為什麼想要」，但正確的意思其實是「どう」（如何）＋「して」（做）＋「ほしい」（希望），所以是「希望對方幫她怎麼做呢？」故正確答案為選項3。

5番 MP3 20

女の人が駅員と話しています。バッグはどこにありましたか。

F：すみません、バッグを忘れちゃったんですが、届いてませんか。

M：いつごろの、どの電車か分かりますか。

F：10分前くらいに、ここから出た電車です。緑色の電車だったような……。

M：それなら、新宿行きのですね。

F：あっ、そうです。それです。網棚の上に置いておいたような気がしますが、確かじゃありません。

M：今、確認してみます。少々お待ちください。

（駅員が電話で確認する）

M：お客さま、どんなバッグですか。色とか大きさとか。

F：黒です。A4のファイルが入る大きさで、肩にかけられるタイプの。

M：それなら、届いてるそうですよ。

F：本当ですか。あー、よかった。

M：8両目の座席の上においてあったそうです。

F：そうですか。見つかってよかった。

バッグはどこにありましたか。

1. 8両目の座席の上
2. 8両目の網棚の上
3. 1両目の座席の上
4. 1両目の網棚の上

女人和站員正在說話。包包在什麼地方呢？

F：對不起，我忘了包包，請問有人送來嗎？
M：知道何時左右的、哪輛電車嗎？
F：十分鐘前左右，從這裡發的電車。好像是綠色的電車……。
M：那樣的話，是往新宿的吧！
F：啊，沒錯。就是那輛。我記得好像是放在網架上，但是不確定。
M：我現在確認看看。請稍等。
（站員用電話確認。）
M：這位乘客，是什麼樣的包包呢？顏色或者是大小。
F：是黑色。放得下A4文件的大小，可以肩背的款式。
M：那樣的話，聽說有送來喔！
F：真的嗎？啊～，太好了。
M：聽說是放在第八節車廂的座位上。
F：那樣啊。找到了真好。

包包在什麼地方呢？
1. 第八節車廂的座位上
2. 第八節車廂的網架上
3. 第一節車廂的座位上
4. 第一節車廂的網架上

答案：1

解析 本題的重點亦在弄清楚問題問什麼，以及聽清楚站員最後說的重點「8両目の座席の上においてあったそうです。」（聽說是放在第八節車廂的座位上。）故正確答案為選項1。

6 番 MP3 21

男の人が店の人と電話で話しています。男の人は何を注文しましたか。

F：はい、山田ラーメンです。

M：ラーメンを届けてほしいんですけど……。

F：はい、ご注文をどうぞ。

M：味噌ラーメンを2つと醤油ラーメンを1つお願いします。

F：はい、味噌ラーメンを2つと醤油ラーメンを1つですね。味噌ラーメンは辛いのと辛くないのがありますが……。

M：じゃ、1つは辛いので、もう1つは辛くないのでお願いします。

F：かしこまりました。

M：あっ、醤油ラーメンは餃子のついたセットに換えてもらえますか。

F：かしこまりました。味噌ラーメンの辛いのを1つと辛くないのを1つ、醤油ラーメンを餃子セットで1つですね。

M：はい。

F：ご注文、ありがとうございました。

男の人は何を注文しましたか。

1. 味噌ラーメンの辛いのを1つと辛くないのを1つ、餃子を1つ
2. 辛いのと普通の味噌ラーメンを1つずつ、醤油ラーメンの餃子セットを1つ
3. 味噌ラーメンの辛いのと辛くないのを1つずつ、醤油ラーメンを1つ
4. 辛い味噌ラーメンを1つと辛い醤油ラーメンを1つ

男人正和店裡的人在電話中說話。男人點了什麼呢？

F：您好，這裡是山田拉麵。
M：我想要外送拉麵……。
F：好的，請點餐。
M：麻煩味噌拉麵二碗和醬油拉麵一碗。
F：好的，味噌拉麵二碗和醬油拉麵一碗是嗎？味噌拉麵有辣的和不辣的……。
M：那麼，麻煩一碗是辣的，另外一碗是不辣的。
F：知道了。
M：啊，醬油拉麵可以換成有附餃子的套餐嗎？
F：知道了。一碗味噌拉麵辣的，和一碗味噌拉麵不辣的，還有一份醬油拉麵搭配餃子的套餐是嗎？
M：是的。
F：謝謝您的點餐。

男人點了什麼呢？
1. 一碗味噌拉麵辣的，和一碗不辣的，還有一份餃子
2. 辣的和普通的味噌拉麵各一碗，還有一份醬油拉麵的餃子套餐
3. 味噌拉麵辣的和不辣的各一碗，還有一碗醬油拉麵
4. 一碗辣的味噌拉麵和一碗辣的醬油拉麵

答案：2

解析 本題有難度，重點在於是否聽懂「醬油ラーメンは餃子のついたセットに換えてもらえますか。」（醬油拉麵可以換成有附餃子的套餐嗎？）句中的「～に換えてもらえますか。」意為「可以換成～嗎？」而「餃子のついたセット」意思不是「餃子套餐」，而是「附有餃子的套餐」。若是沒有聽懂，還有一次機會，因為會話的最後，又重覆了一次重點「醬油ラーメンを餃子セットで1つ」（一份醬油拉麵搭配餃子的套餐），故正確答案為選項2。

聽解必考句型 2 MP3 22

1 かけ　做到一半、沒做完、快……了

表示動作或狀態等正在一個過程當中。即一種受意志支配的動作正進行到一半，或一種非意志的狀態已經發生的意思。

・テーブルの上には食べかけのケーキが残っている。

餐桌上留著吃到一半的蛋糕。

・やりかけの仕事がまだたくさんある。

做到一半的工作還有很多。

・その本は読みかけなので、触らないでください。

因為那本書看到一半，所以請不要碰。

2 あげく　……結果、最後……

表示在經過某種過程之後，其結局、解決方法及發展。多用於產生了不好的結果。

・兄は両親とけんかしたあげく、家を出てしまった。

哥哥和父母吵架，結果離家出走了。

・いろいろ悩んだあげく、結局留学しないことにした。

煩東煩西，最後決定不要留學了。

・部長は部下をどなったあげく、机の上のコップも投げた。

部長罵屬下，到最後連桌上的杯子也丟出去了。

3 わけにはいかない　不能……、不可……

表示「那樣做是不可能的」。不是單純的不行，而是「從一般常識或社會上的普遍想法或過去的經驗來考慮，結論是不行的」的意思。

・今日、母が手術するので、残業するわけにはいかない。

因為今天母親要開刀，所以不能加班。

・もうすぐ試験があるので、勉強しないわけにはいかない。

因為快要考試，所以不能不唸書。

・大事な会議があるので、熱があっても休むわけにはいかない。

因為有重要的會議，所以就算發燒也不能請假。

4 といえば　說到……、提到……

用於承接某個話題，並從此敘述有關的聯想或是對其加以說明的場合。「というと」（說到……、提到……）的說法也是相同意思。

・日本料理といえば、やっぱり寿司でしょう。

說到日本料理，果然還是壽司吧！

・鈴木先生といえば、最近見ないですね。

說到鈴木老師，最近都沒看見耶。

・台湾といえば、バナナやマンゴーなどがおいしい国です。

提到台灣，是香蕉或芒果等好吃的國家。

5 わりには　出乎意料……，卻……

表示所得的結果，是常識性地去猜想或比較皆無法理解的。也就是不管正面的評價或負面的評價，都無法按照一般基準來想像。

・李(り)さんは勉強(べんきょう)しないわりには、いつも満点(まんてん)を取(と)る。

李同學不唸書，卻總是拿到滿分。

・尾崎教授(おざききょうじゅ)は年(とし)をとっているわりには、体力(たいりょく)がある。

尾崎教授雖然上了年紀，卻很有體力。

・あのレストランは値段(ねだん)が高(たか)いわりには、まずい。

那家餐廳價格很貴，卻不好吃。

6 にともなって　伴隨著……、隨著……

「にともなって」的前後會使用表示變化的詞彙，並與前面所説的變化產生聯動反應，然後產生後敘的變化。一般不用於私人的事情，而是使用於規模較大的變化，這點與「といっしょに」（和……一起）意思不一樣。漢字為「に伴(ともな)って」。

・期末試験(きまつしけん)の日(ひ)が近(ちか)づくにともなって、不安(ふあん)になってきた。

隨著期末考的日子接近，開始不安了起來。

・父(ちち)の転勤(てんきん)にともなって、アメリカに行(い)くことになった。

伴隨著父親的調職，決定去美國了。

・円高(えんだか)にともなって、日本(にほん)へ行(い)く外国人(がいこくじん)の数(かず)が減(へ)っているそうだ。

據説隨著日圓上漲，去日本的外國人人數變少。

7 どおし　一直持續……

表示在某個時期內相同動作與狀態持續的樣子。漢字為「通し」，但較常使用假名。

・一日中歩きどおしで、足が痛い。

持續走了一整天，腳很痛。

・娘は夏休みの間遊びどおしで、ぜんぜん勉強しなかった。

暑假期間女兒一直玩，完全沒有唸書。

・今週は仕事が忙しく、一週間毎日残業しどおしだった。

因為這個禮拜工作很忙，一整個禮拜每天持續加班。

8 ならいい　（如果是）……的話，就算了 / 也可以 / 也沒關係

根據以前說話的內容以及情況，說話者表示「如果是那樣的情況，……也沒關係」或「如果是那樣的情況，不……也可以」等放任或許可的態度。

・やりたくないならいいよ。

不願意做就算了。

・勉強がそんなに嫌いならいいよ。働きなさい。

那麼討厭唸書就算了。去工作吧！

・お父さんが病気ならいいよ。早く帰って世話してあげなさい。

如果是爸爸生病的話沒關係喔！趕快回家照顧他！

聽解必背單字 2 MP3 23

食材篇

1 野菜（やさい） 0 名 蔬菜

ほうれん草（そう） 3 名 菠菜

チンゲンサイ 3 名 青江菜

春菊（しゅんぎく） 1 名 茼蒿

キャベツ 1 名 高麗菜

カリフラワー 4 名 花椰菜

ブロッコリー 2 名 綠花椰菜

パセリ 1 名 荷蘭芹

レタス 1 名 萵苣

アスパラガス 4 名 蘆筍

トマト 1 名 番茄

白菜（はくさい） 2 名 白菜

きゅうり 1 名 小黃瓜

セロリ 1 名 芹菜

茄子（なす） 1 名 茄子

かぼちゃ 0 名 南瓜

大根（だいこん） 0 名 白蘿蔔

さやえんどう 3 名 荷蘭豆、豌豆莢

さやいんげん 3 名 四季豆、菜豆

ピーマン 1 名 青椒

かぶ 0 名 大頭菜

ごぼう 0 名 牛蒡

にんじん 0 名 紅蘿蔔

れんこん 0 名 蓮藕

山芋（やまいも） 0 名 山藥

じゃが芋（いも） 0 名 馬鈴薯

さつま芋（いも） 0 名 地瓜、番薯

里芋（さといも） 0 名 小芋頭

タロ芋（いも） 0 名 芋頭

アロエ 1 名 蘆薈

ねぎ 1 名 蔥

玉ねぎ（たま） 3 名 洋蔥

にら 0 名 韭菜

枝豆（えだまめ） 0 名 毛豆

しょうが 0 名 薑

にんにく 0 名 大蒜

もやし 3 名 豆芽菜

紫蘇（しそ） 0 名 紫蘇

とうもろこし 3 名 玉米

わさび 1 名 山葵

オクラ 0 名 秋葵

しいたけ 1 名 香菇

マッシュルーム 4 名 蘑菇

エリンギ 2 名 杏鮑菇

えのき 3 名 金針菇

きくらげ 2 名 木耳

しめじ 0 名 鴻禧菇

2 海藻（かいそう） 0 名 海藻

わかめ 1 名 裙帶芽

こんぶ 1 名 昆布

青（あお）のり 2 名 青海苔

焼（や）きのり 0 名 烤海苔片

寒天（かんてん） 3 名 寒天

ところてん 0 名 石花菜

3 果物(くだもの) / フルーツ 2 / 2 名 水果

りんご 0 名 蘋果

みかん 1 名 柑橘

柿(かき) 0 名 柿子

バナナ 1 名 香蕉

金柑(きんかん) 3 名 金桔

アボカド 0 名 酪梨

キウイフルーツ 5 名 奇異果

梨(なし) 0 名 梨子

ブルーベリー 4 名 藍莓

ラズベリー 2 名 覆盆子

さくらんぼ 0 名 櫻桃

パパイヤ 2 名 木瓜

いちご 0 1 名 草莓

パイナップル 3 名 鳳梨

マンゴー 1 名 芒果

オレンジ 2 名 柳橙

ぶどう 0 名 葡萄

すいか 0 名 西瓜

パッションフルーツ 6 名 百香果

ドラゴンフルーツ 6 名 火龍果

桃(もも) 0 名 桃子

グレープフルーツ 6 名 葡萄柚

メロン 1 名 哈密瓜

レモン 1 名 檸檬

柚子(ゆず) 1 名 香橙

ライチ 1 名 荔枝

4 肉類（にくるい） 2 名 肉類

牛肉（ぎゅうにく） 0 名 牛肉

鶏肉（とりにく） 0 名 雞肉

豚肉（ぶたにく） 0 名 豬肉

ラム肉（にく） 2 名 羊肉

鴨肉（かもにく） 2 名 鴨肉

ヒレ 1 名 腰內肉

バラ 0 名 腹肉

もも 1 名 大腿肉

レバー 1 名 肝

ロース 1 名 里肌肉

牛（ぎゅう）タン 0 名 牛舌

サーロイン 3 名 沙朗

牛（ぎゅう）すじ 0 名 牛筋

カルビ 1 名 五花肉

ハラミ 3 名 牛腹肉

豚足（とんそく） 0 名 豬腳

ホルモン 1 名 內臟

スペアリブ 4 名 肋排、排骨

胸肉（むねにく） 2 名 雞胸肉

ささ身（み） 3 名 雞里肌肉

手羽先（てばさき） 0 名 雞翅

骨付（ほねつ）きもも肉（にく） 6 名 帶骨雞腿肉

ハム 1 名 火腿

ベーコン 1 名 培根

コンビーフ 3 名 罐頭鹹牛肉

サラミ 1 名 義大利臘腸

チャーシュー 3 名 叉燒

ソーセージ 3 名 香腸

ボンチリ 0 名 雞屁股

5 海鮮（かいせん）/ シーフード 0 / 3 名 海鮮

海（うみ） 1 名 海

漁師（りょうし） 1 名 漁夫

漁船（ぎょせん） 0 名 漁船

漁場（ぎょじょう） 0 名 漁場

網（あみ） 2 名 網子

波（なみ） 2 名 波浪

渦巻（うずま）き 2 名 漩渦

大漁（たいりょう） 0 名 大豐收

日本海（にほんかい） 2 名 日本海

太平洋（たいへいよう） 3 名 太平洋

釣（つ）り 0 名 釣魚

いわし 0 名 沙丁魚

さば 0 名 鯖魚

あじ 1 名 竹筴魚

かつお 0 名 鰹魚

たい 1 名 鯛魚

たら 1 名 鱈魚

まぐろ 0 名 鮪魚

海老（えび） 0 名 蝦子

いか 0 名 烏賊、墨魚、花枝

たこ 1 名 章魚

帆立貝（ほたてがい） 3 名 扇貝

あさり 0 名 海瓜子

かき 1 名 牡蠣

ししゃも 0 名 柳葉魚

白魚（しらうお） 2 名 銀魚

たらこ 3 名 鱈魚卵

明太子（めんたいこ） 3 名 辣鱈魚卵、明太子

いくら 0 名 鮭魚卵

うに 1 名 海膽

あわび 1 名 鮑魚

かに 0 名 螃蟹

はまぐり 2 名 文蛤

秋刀魚（さんま） 0 名 秋刀魚

かれい 1 名 鰈魚

ぶり 1 名 鰤魚

ひらめ 0 名 比目魚

ふぐ 1 名 河豚

うなぎ 0 名 鰻魚

なまこ 3 名 海參

竹輪（ちくわ） 0 名 竹輪（魚漿製成的桶狀魚捲）

はんぺん 3 名 魚漿鬆餅

かまぼこ 0 名 魚板

なると 3 名 魚板捲

さつまあげ 3 名 甜不辣

つみれ 0 名 魚丸

かつおぶし 0 名 柴魚片

釣(つ)る 0 動 釣（魚）

えら 2 名（魚的）鰓

わた 2 名（魚的）腸

皮(かわ)をむく 剝皮

砂出(すなだ)しをする 吐沙

三枚(さんまい)におろす 切成三片

骨抜(ほねぬ)きをする 去骨

切(き)り離(はな)す 割開

殻(から)を開(あ)ける 開殼

6 調味料(ちょうみりょう) 3 名 調味料
味付け(あじつ) 0 名 調味

砂糖(さとう) 2 名 砂糖

塩(しお) 2 名 鹽

酢(す) 1 名 醋

黒酢(くろず) 0 名 黑醋

しょうゆ 0 名 醬油

味噌(みそ) 1 名 味噌

だし 2 名 高湯

サラダ油(あぶら) / サラダオイル 4 / 4 名 沙拉油

オリーブオイル 5 名 橄欖油

ごま油(あぶら) 3 名 芝麻油

ラー油(ゆ) 0 名 辣油

酒(さけ) 0 名 酒

赤(あか)ワイン 3 名 紅葡萄酒

白(しろ)ワイン 3 名 白葡萄酒

ブランデー 0 名 白蘭地

紹興酒(しょうこうしゅ) 3 名 紹興酒

マスタード 3 名 黃芥末

とうがらし 3 名 辣椒

ケチャップ 2 名 番茄醬

トウバンジャン 3 名 豆瓣醬

テンメンジャン 3 名 甜麵醬

ごまペースト 3 名 芝麻醬

こしょう 2 名 胡椒

オイスターソース 6 名 蠔油

カレー粉(こ) 0 名 咖哩粉

カレールー 4 名 咖哩塊

チキンコンソメ 4 名 雞湯塊

シロップ 1 名 糖漿

メイプルシロップ 6 名 楓糖漿

はちみつ 0 名 蜂蜜

黒砂糖(くろざとう) 3 名 黑糖

バニラエッセンス 4 名 香草精

7 調理（ちょうり） 1 名 烹調方法

切る（きる） 1 動 切

薄切り（うすぎり） 0 名 切成薄片

くし形切り（くしがたぎり） 0 名 月牙切

いちょう切り（いちょうぎり） 0 名 扇形切

乱切り（らんぎり） 0 名 滾切

みじん切り（みじんぎり） 0 名 切成碎末

輪切り（わぎり） 0 名 切成圓片

角切り（かくぎり） 0 名 切塊

せん切り（せんぎり） 0 名 切絲

半月切り（はんげつぎり） 0 名 半圓切

斜め切り（ななめぎり） 0 名 斜切

短冊切り（たんざくぎり） 0 名 切成長方形薄片

種を除く（たねをのぞく） 去籽

へたを取る（へたをとる） 去蒂

味をつける（あじをつける） 調味

粉を振る（こなをふる） 撒粉

一口大に切る（ひとくちだいにきる） 切成一口大小

細かく切る（こまかくきる） 切細

形を整える（かたちをととのえる） 調整好形狀

入れる（いれる） 0 動 放入

洗う（あらう） 0 動 洗

押す（おす） 0 動 按壓

置く（おく） 0 動 放、置

おろす 2 動 磨成泥

解凍（かいとう） 0 名 解凍

加熱（かねつ） 0 名 加熱

刺す（さす） 1 動 刺

下ごしらえ（したごしらえ） 3 名 烹調準備

作る（つくる） 2 動 做

刻む（きざむ） 0 動 劃上

加える（くわえる） 0 動 加入

溶かす（とかす） 2 動 溶解

包む（つつむ） 2 動 包

取る（とる） 1 動 取、拿

つめる 2 動 裝填、擠入

練る（ねる） 1 動 搓揉、揉合

塗る（ぬる） 0 動 塗

まぶす 2 動 沾

混ぜる（まぜる） 2 動 混合、調拌

温める（あたためる） 4 動 加溫

あえる 2 動 拌

揚げる（あげる） 0 動 炸

炒める（いためる） 3 動 炒

裏返す（うらがえす） 0 動 翻面

冷ます 2 動 冷卻

煮る 0 動 煮、燉

炊く 0 動 煮

蒸す 1 動 蒸

焼く 0 動 烤

茹でる 2 動 燙煮、川燙

漬ける 2 動 醃、泡

弱火 0 名 小火

中火 0 名 中火

強火 0 名 大火

火をつける 開火

火を止める 關火

火を消す 熄火

とろみをつける 勾芡

飾る 0 動 裝飾

かける 2 動 淋上

散らす 0 動 撒上、散放

添える 0 動 配上、添上

盛り付け 0 名 裝盤

盛り付ける 4 動 裝盤

乗せる 0 動 擺放

8 調理器具（ちょうりきぐ） 4 名 烹調器具

包丁（ほうちょう） 0 名 菜刀

まな板（いた） 0 名 砧板

ふきん 2 名 抹布

おろし器（き） 3 名 磨泥器

泡（あわ）だて器（き） 4 名 攪拌器

こし器（き） 2 名 （過濾油、水的）漏勺、（過濾茶的）濾網

ざる 0 名 竹簍

フードプロセッサー 6 名 食物處理器

ミキサー 1 名 果汁機

ハンドミキサー 4 名 電動攪拌器

タイマー 1 名 計時器

フライパン 0 名 平底鍋

中華鍋（ちゅうかなべ） 4 名 中華鍋

はけ 2 名 刷子

めん棒（ぼう） 1 名 擀麵棍

せいろ 0 名 蒸籠

ボウル 0 名 攪拌碗

オーブントースター 5 名 烤麵包機

オーブン 1 名 烤箱

電子（でんし）レンジ 4 名 微波爐

冷蔵庫（れいぞうこ） 3 名 冰箱

冷凍庫（れいとうこ） 3 名 冷凍庫

ペーパータオル 5 名 餐巾紙

焼（や）き網（あみ） 0 名 烤網

お玉（たま） 2 名 杓子

スプーン 2 名 湯匙

ナイフ 1 名 刀子

フォーク 1 名 叉子

こて 2 名 鏟子

はし 1 名 筷子

皮（かわ）むき器（き） 4 名 削皮器

キッチンばさみ 5 名 廚房用剪刀

せん抜（ぬ）き 4 3 名 開瓶器

缶切（かんき）り 3 名 開罐器

トング 1 名 夾子

鍋（なべ）つかみ 3 名 隔熱手套

木（き）べら 1 名 木匙

ガスレンジ 3 名 瓦斯爐

第16～20天

問題3「概要理解」

考試科目（時間）	題型			
	大題		內容	題數
聽解40分鐘	1	課題理解	聽取具體的資訊，選擇適當的答案，測驗是否理解接下來該做的動作	6
	2	重點理解	先提示問題，再聽取內容並選擇正確的答案，測驗是否能掌握對話的重點	6
	3	概要理解	測驗是否能從聽力題目中，理解說話者的意圖或主張	3
	4	說話表現	邊看圖邊聽說明，選擇適當的話語	4
	5	即時應答	聽取單方提問或會話，選擇適當的回答	9

問題 3 注意事項

❋「問題3」會考什麼？

測驗考生是否能從聽力題目中，理解說話者的意圖或主張。試題本上沒有印任何文字，所有選項都需要以聽的方式做選擇。

❋「問題3」的考試形式？

由於問題只唸一次，而且選項中也沒有文字，所以只能用聆聽的方式選出答案。答題方式為先聽談話或對話的內容，聆聽問題，再從四個選項中找出答案。共有三個小題。

❋「問題3」會怎麼問？ MP3 24

・女の子はこれからどうしますか。

女孩接下來要做什麼呢？

・旅館の係の人は、特に何について注意しましたか。

旅館的負責人，特別就什麼事情注意了呢？

・女の子は、何のために友達の家に来ましたか。

女孩為了什麼而來朋友家呢？

問題 3 實戰練習

問題3

問題3では、問題用紙に何もいんさつされていません。この問題は、ぜんたいとしてどんなないようかを聞く問題です。話の前に質問はありません。まず話を聞いてください。それから、質問とせんたくしを聞いて、1から4の中から、最もよいものを一つえらんでください。

— メモ —

1 番 MP3 25

2 番 MP3 26

3 番 MP3 27

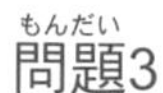

問題 3 實戰練習解析

問題3

問題3では、問題用紙に何もいんさつされていません。この問題は、ぜんたいとしてどんなないようかを聞く問題です。話の前に質問はありません。まず話を聞いてください。それから、質問とせんたくしを聞いて、1から4の中から、最もよいものを一つえらんでください。

問題3，試題紙上沒有印任何字。這個問題，是聽出整體是怎樣內容的問題。會話之前沒有提問。請先聽會話。接著，請聽提問和選項，然後從1到4裡面，選出一個最適當的答案。

（M：男性、男孩　F：女性、女孩）

1番 MP3 25

女の子2人が話しています。

F1：元気がないけど、どうしたの？

F2：勇二とけんかしちゃったの。

F1：けんかくらい、何よ。今までもよくけんかしてたじゃない。

F2：でも、今度は本当にだめかも。もう別れようって言われちゃった。

F1：原因は？

F2：勇二、私が浮気してるって。テニス部の岡田先輩と。

F1：誤解されるようなことでもしたの？

F2：してないわよ。でも、この間勇二が家に来たとき、ちょうど先輩といっしょにいて……。

F1：どうして先輩が家にいるのよ。

F2：しょうがないじゃない、先輩はお姉ちゃんの彼氏なんだもん。

F1：えっ、そうなの？それじゃ、はっきりそう言わなきゃ。

F2：言ったわよ。言ったけど、信じてもらえなかったの。

F1：私が代わりに言ってあげる。まかせて！

F2：うん、ありがとう。

女の子はどうして元気がないのですか。

1. 彼氏が病気だから
2. 彼氏が浮気したから
3. 彼氏と別れたから
4. 彼氏とけんかしたから

二個女孩正在說話。

F1：無精打采的，怎麼了？

F2：和勇二吵架了。

F1：不過是吵個架，什麼嘛！（交往）到現在，不也常吵架嗎？

F2：但是，這次可能真的完了。被他說，我們分手吧！

F1：原因呢？

F2：勇二，說我在劈腿。和網球社的岡田學長。

F1：妳是不是做了什麼被誤會的事情啦？

F2：沒有做啊！但是，之前勇二到我們家的時候，（我）剛好和學長在一起……。

F1：為什麼學長在家裡啊！

F2：沒辦法啊，因為學長是我姊姊的男朋友。

F1：咦，那樣啊？那麼，不把那個說清楚不行。

F2：說了啊！說是說了，但是他不相信啊！

F1：我來幫妳說。交給我！

F2：嗯，謝謝妳。

女孩為什麼無精打采呢？

1 因為男朋友生病了

2 因為男朋友劈腿了

3 因為和男朋友分手了

4 因為和男朋友吵架了

答案：4

解析 本題有點難度，除了選項1的「病気」（生病）在會話中完全沒有提到，所以不可能選擇它之外，其餘的選項2和3和4，皆有可能為正確答案。先看選項2，由於會話中有「勇二、私が浮気してるって。」（勇二，說我在劈腿。）其中的「って」，經常出現在會話中，代表「引用聽來的話」，是女孩引述勇二的話，說勇二覺得她劈腿，並非勇二本身劈腿，所以選項2錯誤。至於選項3，由於會話中有「もう別れようって言われちゃった。」（被他說，我們分手吧！）其中的「別れよう」的「よう」，是動詞的意向形，代表「提議」，中文翻譯成「～吧！」所以這句話只是說要分手，但還沒有真正的分手，所以選項3錯誤。故正確答案為選項4。

2番 MP3 26

男の子と女の子が話しています。

F：黒木くんに電話してくれた？

M：したよ。参加するって。

F：よかった。

M：何だよ、電話くらい自分ですればいいのに。好きなのか、黒木のこと。

F：うるさいわね。

M：あっ、顔が赤くなった！好きなんだ。

F：何よ、関係ないでしょ。

M：黒木ね、明るくて積極的な女の子が好きだから、恥ずかしがってないで、もっとしゃべったほうがいいと思うよ。

F：えっ、そうなの？おとなしい子が好きなんだと思ってた。

M：今度のパーティーでいっしょに踊ったら？2人とも踊りが得意だから、気が合うと思うよ。

F：本当？じゃ、そうする。ありがとう。

M：がんばれよ！

男の子は女の子に何をすすめていますか。

1. 黒木くんと踊ること
2. 黒木くんに電話すること
3. 黒木くんに告白すること
4. 黒木くんとお酒を飲むこと

男孩和女孩正在說話。

F：你幫我打電話給黑木同學了嗎？
M：打了喔。說（妳）要參加。
F：太好了。
M：什麼嘛！不過是個電話，明明自己打就好了。妳喜歡黑木同學吧？
F：你很囉唆耶。
M：啊，臉都變紅了！就說妳喜歡吧！
F：什麼嘛，跟你無關吧！
M：我覺得黑木這個人，喜歡爽朗又積極的女孩，所以不要害羞，多跟他說話比較好喔。
F：咦，是那樣嗎？我還以為他喜歡乖巧的女孩。
M：下次的舞會一起跳舞呢？你們二個人都很會跳舞，我想一定合得來的！
F：真的？那麼，就那麼辦！謝謝！
M：加油喔！

男孩正建議女孩做什麼呢？
1. 和黑木同學跳舞
2. 打電話給黑木同學
3. 跟黑木同學告白
4. 和黑木同學喝酒

答案：1

解析 四個選項中，由於會話中提到的只有「電話」（電話）和「踊る」（跳舞），沒有提到「告白」（告白）和「お酒を飲む」（喝酒），故先排除選項3和4。有可能的二個選項中，先看選項2，從會話中的「電話くらい自分ですればいいのに。」（不過是個電話，明明自己打就好了。）知道男孩已經幫女孩打了電話，男孩只是抱怨，並非建議女孩打電話給黑木同學，所以非正確答案。而選項1，從會話中的「2人とも踊りが得意だから、気が合うと思うよ。」（你們二個人都很會跳舞，我想一定合得來的！）知道男孩建議女孩和黑木同學跳舞，故正確答案為選項1。

3番 MP3 27

会社で男の人と女の人が話しています。

F：ずいぶん眠そうですね。

M：そうなんですよ。最近、すごく暑いでしょう。

F：ええ、夜はクーラーつけないと眠れませんよね。

M：そうなんだよ。でもうちのクーラー、調子が悪くて、つけるとすごい音がするんだ。

F：それは困りましたね。

M：うん。クーラーをつけないと暑くて眠れないし、つけるとうるさくて眠れないし……。

F：扇風機はないんですか。

M：扇風機は苦手なんだ。風が皮膚にあたると、くすぐったくて。

F：それじゃ、毎日どうしてるんですか。

M：氷をビニール袋に入れて、頭にのせて寝てる。でも、寝てるうちに落ちちゃうんだけどね。

F：どっちにしても、大変そうですね。

男の人は寝るとき、いつもどうしていますか。

1. 1時間だけクーラーをつけて寝る
2. 氷入りのビニール袋を頭にのせて寝る
3. 扇風機とクーラーをつけて寝る
4. 何もせず、暑さをがまんして寝る

公司裡男人和女人正在說話。

F：你看起來好像非常睏耶。

M：對啊！最近，非常熱不是嗎？

F：嗯，晚上不開冷氣就睡不著呢！

M：對啊。但是我家的冷氣怪怪的，只要一開聲音就很大。

F：那很傷腦筋耶。

M：嗯。不開就熱到睡不著，一開又吵到睡不著⋯⋯。

F：沒有電風扇嗎？

M：我怕電風扇。風一吹到皮膚，癢癢的。

F：那麼，你每天都怎麼做啊？

M：把冰塊放到塑膠袋裡，放在頭上睡。不過，睡到一半，會掉下來。

F：看來不管哪一種，好像都很辛苦啊！

男人睡覺的時候，總是怎麼做呢？

1. 只開一個小時的冷氣睡覺
2. 把放入冰塊的塑膠袋放在頭上睡
3. 開電風扇和冷氣睡覺
4. 什麼都沒做，忍耐著炎熱睡覺

答案：2

解析 N3聽解測驗的問題3，總共有三道題目，由於這三道題目，會話既長，且試題上也沒有印任何字，所以更要小心聆聽。幸而關鍵答案總是在最後出現，本題亦然，就是「氷をビニール袋に入れて、頭にのせて寝てる。」（把冰塊放到塑膠袋裡，放在頭上睡。）故正確答案為選項2。

聽解必考句型 3 MP3 28

1 に加えて　加上……、而且……

表示「某件事並未到此結束，再加上別的事物」的意思。

・強い風に加えて、雨もひどくなってきた。

颳著強風，而且雨也大了起來。

・ガス代に加えて、電気代も大きな割合を占めている。

不只是瓦斯費，而且電費也佔了很大的比例。

・毎日の宿題に加えて、日記もつけなければならないのでたいへんだ。

天天有功課，加上得寫日記，所以很辛苦。

2 ぬきで　去除……、撇開……

表示「把……去掉」的意思。漢字為「抜きで」。

・料金はサービス料ぬきで8万5千円です。

費用扣掉服務費是八萬五千日圓。

・上司はぬきで、飲みに行きましょう。

撇開上司，去喝酒吧。

・朝食ぬきで学校に行くのはよくない。

不吃早餐就去學校很不好。

3 としたら　要是……、如果……

意為「假如把那當成事實」或者「認為其可以實現的話」，後面接續說話者的意思或判斷。前面常伴有「もし」（如果）、「仮に」（假設）。

・宝くじがあたったとしたら、まず何を買いたいですか。

如果中了樂透，首先想買什麼呢？

・家を買うとしたら、田舎がいい。

要是買房子，鄉下來得好。

・出かけるとしたら、何時ごろですか。

如果出去，大約是幾點呢？

4 ないこともない　也不是不……

使用雙重否定來表示「有那樣的一面」、「有那樣的可能性」的肯定意義。用於雖然不是全面肯定，但是有可能是那樣時。當持有斷定的心情時，常會出現「言えないこともない」（也不是不能說）、「気がしないこともない」（也不是不覺得）的說法。

・すぐ行けば、間に合わないこともない。

如果立刻去，也不是來不及。

・そのことなら、がんばればやれないこともない。

如果是那件事，如果努力，也不是做不到。

・言われてみれば、彼の様子はおかしかったと言えないこともない。

被你一說，他的樣子也不是不能說有點怪。

5 っけ　是……嗎？、是……吧？

用於自己記不清而加以確認時，也可以用於自己一個人自言自語地確認時。是較隨和的口語說法，如果要禮貌地說的話，可以用「でしたっけ」、「ましたっけ」等。

・今日（きょう）は何日（なんにち）だっけ。

今天是幾號呢？

・鈴木（すずき）さん、これ嫌（きら）いだっけ。

鈴木先生，不喜歡這個吧？

・やばい。今日（きょう）って、レポートを提出（ていしゅつ）する日（ひ）だったっけ。

糟了！今天，是不是該交報告的日子？

6 にこしたことはない　最好是……、莫過於……

表示「以……比較好、以……為佳」。多用於在常識上認為是理所當然的事。

・誰（だれ）だって健康（けんこう）であるにこしたことはない。

誰都健健康康是最好不過的事。

・もちろんお金（かね）はあるにこしたことはない。

當然最好莫過於有錢。

・どんなことだって、全力（ぜんりょく）を尽（つ）くすにこしたことはない。

無論什麼事，莫過於全心全力地做。

7 ちゃんと　清楚地、好好地、牢牢地、準確地

表示「按照應有的方法去做」。可用於許多場合，根據前後文之不同，意思也跟著不同。

・ちゃんと宿題(しゅくだい)をやっておきなさい。

要好好地做好功課！

・コンタクトレンズを新(あたら)しいのに替(か)えたら、ちゃんと見(み)えるようになった。

換了新的隱形眼鏡後，變看得清楚了。

・この問題(もんだい)にちゃんと答(こた)えられた学生(がくせい)はほとんどいない。

幾乎沒有能夠準確回答這道問題的學生。

8 にきまってる　一定……、肯定……

表示説話者充滿自信地推測「肯定是那樣」。堅持與對方推測的內容有所不同時，可用「にきまってるじゃないか」（還用説嗎、一定的嘛）的形式，這是「にちがいない」（肯定、沒錯）的口語説法。漢字為「に決(き)まってる」。

・あの店(みせ)は一流(いちりゅう)だから、高(たか)いにきまってる。

因為那家店是一流的，所以一定很貴。

・そんなに食(た)べたら、太(ふと)るにきまってるだろう。

吃那麼多，肯定會胖吧。

・合(ごう)コンなら、彼女(かのじょ)も参加(さんか)したがるにきまってるよ。

如果是聯誼，肯定連她都想參加喔。

聽解必背單字 3 MP3 29

生活篇

1 家（いえ） 2 名 家

- 建物（たてもの） 2 3 名 建築物
- 建てる（たてる） 2 動 建造
- 住宅（じゅうたく） 0 名 住宅
- 住む（すむ） 1 動 住
- 設計（せっけい）／デザイン 0／2 名 設計
- 新築（しんちく） 0 名 新蓋好的（房屋）
- 修理（しゅうり） 1 名 修理
- 大工（だいく） 1 名 木匠
- 鉄筋（てっきん） 0 名 鋼筋
- 木造（もくぞう） 0 名 木造
- 中古（ちゅうこ） 0 名 中古（屋）
- 一戸建て（いっこだて） 0 名 獨棟房屋
- アパート 2 名 公寓
- マンション 1 名 華廈
- 下宿（げしゅく） 0 名 含食宿的家庭公寓
- 自宅（じたく） 0 名 自己的住宅、自家
- 賃貸（ちんたい） 1 名 租屋
- 大家（おおや） 1 名 房東
- 寮（りょう） 1 名 宿舍
- 実家（じっか） 0 名 娘家、老家
- 整理（せいり） 1 名 整理
- 一人暮らし（ひとりぐらし） 4 名 一個人住
- 狭い（せまい） 2 イ形 窄的
- 広い（ひろい） 2 イ形 寬的
- 庭（にわ） 0 名 院子

2 部屋(へや) 2 名 房間

- 洋室(ようしつ) 0 名 洋室
- 和室(わしつ) 0 名 和室
- 天井(てんじょう) 0 名 天花板
- 窓(まど) 1 名 窗
- 居間(いま) / 茶の間(ちゃのま) 2 / 0 名 起居室
- 寝室(しんしつ) 0 名 臥室
- 台所(だいどころ) / キッチン 0 / 1 名 廚房
- トイレ 1 名 廁所
- お手洗い(おてあらい) 3 名 洗手間
- 化粧室(けしょうしつ) 2 名 化妝室
- 浴室(よくしつ) / 風呂場(ふろば) 0 / 3 名 浴室
- 応接間(おうせつま) 0 名 客廳
- 子供部屋(こどもべや) 0 名 小孩房
- 玄関(げんかん) 1 名 玄關
- 廊下(ろうか) 0 名 走廊
- 物置き(ものおき) 4 名 置物間
- 階段(かいだん) 0 名 樓梯
- 屋根(やね) 1 名 屋頂
- 壁(かべ) 0 名 牆壁
- 扉(とびら) / ドア 0 / 1 名 門
- 床(ゆか) 0 名 地板
- 鍵(かぎ)をかける 上鎖
- ベランダ 0 名 陽台
- 車庫(しゃこ) 1 名 車庫
- 犬小屋(いぬごや) 0 名 狗屋

3 家具（かぐ） 1 名 傢俱
日用品（にちようひん） 0 名 日用品

収納（しゅうのう） 0 名 收納櫃

押入れ（おしいれ） 0 名 壁櫥

畳（たたみ） 3 名 榻榻米

座布団（ざぶとん） 2 名 和式坐墊

枕（まくら） 1 名 枕頭

敷く（しく） 0 動 鋪

毛布（もうふ） 1 名 毛毯

ソファ 1 名 沙發

机（つくえ） 0 名 桌子

椅子（いす） 0 名 椅子

棚（たな） 0 名 擱板、架

本棚（ほんだな） 1 名 書架

食卓（しょくたく） 0 名 飯桌

ブラインド 0 名 百葉窗

雨戸（あまど） 2 名 遮雨窗

呼び鈴（よびりん） 0 名 門鈴、呼叫鈴

カーテン 1 名 窗簾

郵便受け（ゆうびんうけ） / ポスト 3 / 1 名 信箱

時計（とけい） 0 名 時鐘

じゅうたん 1 名 地毯

洗面台（せんめんだい） 0 名 洗臉台

鏡（かがみ） 3 名 鏡子

クッション 1 名 坐墊

タオル 1 名 毛巾

蛇口（じゃぐち） 1 名 水龍頭

石けん（せっけん） 0 名 香皂

歯磨き粉（はみがきこ） 5 名 牙膏

トイレットペーパー 6 名 衛生紙

便器（べんき） 1 名 馬桶

コンセント 1 名 插座

バスマット 3 名 浴室踏墊

浴槽（よくそう） / バスタブ 0 / 0 名 浴缸

目覚まし時計（めざましどけい） 5 名 鬧鐘

シーツ 1 名 床單

寝具（しんぐ） 1 名 寢具

ベッド 1 名 床

布団（ふとん） 0 名 棉被

掛け布団（かけぶとん） 3 名 蓋被

洋服ダンス（ようふくダンス） 5 名 衣櫃

化粧品（けしょうひん） 0 名 化妝品

化粧台（けしょうだい） 0 名 化妝台

スリッパ 2 名 拖鞋

4 家電（かでん） 0 名 家電

テレビ 1 名 電視

パソコン 0 名 個人電腦

掃除機（そうじき） 3 名 吸塵器

ドライヤー 0 名 吹風機

空気洗浄機（くうきせんじょうき） 7 名 空氣清淨機

冷房（れいぼう）/ クーラー 0 / 1 名 冷氣

暖房（だんぼう）/ ヒーター 0 / 1 名 暖氣

空調（くうちょう）/ エアコン 0 / 0 名 空調

コーヒーメーカー 5 名 咖啡機

ポット 1 名 熱水瓶

ステレオ 0 名 音響

洗たく機（せんたくき） 4 名 洗衣機

乾燥機（かんそうき） 3 名 乾衣機、烘衣機

アイロン 0 名 熨斗

電気スタンド（でんきスタンド） 5 名 立燈

ミシン 1 名 縫紉機

電子レンジ（でんしレンジ） 4 名 微波爐

オーブン 1 名 烤箱

オーブントースター 5 名 烤麵包機

こたつ 0 名 被爐

ミキサー 1 名 果汁機

5 カレンダー 2 名 月曆

一月（いちがつ） 4 名 一月

二月（にがつ） 1 名 二月

三月（さんがつ） 1 名 三月

四月（しがつ） 1 名 四月

五月（ごがつ） 1 名 五月

六月（ろくがつ） 4 名 六月

七月（しちがつ） 4 名 七月

八月（はちがつ） 4 名 八月

九月（くがつ） 1 名 九月

十月（じゅうがつ） 4 名 十月

十一月（じゅういちがつ） 6 名 十一月

十二月（じゅうにがつ） 3 名 十二月

日曜日（にちようび） 3 名 星期日

月曜日（げつようび） 3 名 星期一

火曜日（かようび） 2 名 星期二

水曜日（すいようび） 3 名 星期三

木曜日（もくようび） 3 名 星期四

金曜日（きんようび） 3 名 星期五

土曜日（どようび） 2 名 星期六

祝日（しゅくじつ） 0 名 節日

お正月（しょうがつ） 5 名 新年

成人の日（せいじんのひ） 6 名 成人日

バレンタインデー 5 名 情人節

ひな祭り（まつ） 3 名 女兒節

端午の節句（たんごのせっく） 1 名 端午節

七夕（たなばた） 0 名 七夕

クリスマス 3 名 聖誕節

6 家事（かじ） 1 名 家事、家務

- 家（いえ）にいる 在家
- 専業主婦（せんぎょうしゅふ） 5 名 家庭主婦
- 洗（せん）たく 0 名 洗衣服
- 脱水（だっすい） 0 名 脱水
- 干（ほ）す 1 動 曬（衣服）
- 掃除（そうじ） 1 名 打掃
- ごみを捨（す）てる 倒垃圾
- 分別（ぶんべつ） 1 名 分別
- 介護（かいご）/世話（せわ） 1 / 2 名 照顧
- 老人（ろうじん） 0 名 老人
- 赤（あか）ちゃん 1 名 嬰兒
- 育（そだ）てる 3 動 養育
- 育（そだ）つ 2 動 長大
- 育児（いくじ） 1 名 育兒
- 炊事（すいじ） 0 名 烹調
- 料理（りょうり） 1 名 料理
- 三食（さんしょく） 1 名 三餐
- ペット 1 名 寵物
- 飼（か）う 1 動 飼養
- 犬（いぬ） 2 名 狗
- 猫（ねこ） 1 名 貓
- 鳥（とり） 0 名 鳥
- 植物（しょくぶつ） 2 名 植物
- 植（う）える 0 動 種植
- 枯（か）れる 0 動 枯
- 洗（あら）う 0 動 洗
- ほこり 0 名 灰塵
- 買（か）い物（もの） 0 名 購物
- 商店街（しょうてんがい） 3 名 商店街
- 雑貨（ざっか） 0 1 名 雜貨
- 食品（しょくひん） 0 名 食品
- 試食（ししょく） 0 名 試吃
- バーゲン 1 名 特賣
- 貯金（ちょきん） 0 名 存錢
- お金（かね）を下（お）ろす 領錢、提款
- 引（ひ）き出（だ）す 3 動 提取（錢）
- 預（あず）ける 3 動 存放（錢）
- 振（ふ）り込（こ）む 3 動 匯（款）
- 公共料金（こうきょうりょうきん） 5 名 水電瓦斯費

7 交通（こうつう） 0 名 交通

乗り物（のりもの） 0 名 交通工具

飛行機（ひこうき） 2 名 飛機

電車（でんしゃ） 0 名 電車

バス 1 名 巴士、公車

新幹線（しんかんせん） 3 名 新幹線

バイク 1 名 摩托車

自転車（じてんしゃ） 2 名 腳踏車

車（くるま） 0 名 車

地下鉄（ちかてつ） 0 名 地下鐵

出発（しゅっぱつ） 0 名 出發

到着（とうちゃく） 0 名 到達

経由（けいゆ） 1 名 經由

ホーム 1 名 月台

片道（かたみち） 0 名 單程

往復（おうふく） 0 名 往返

始発（しはつ） 0 名 頭班車、由……開出

終電（しゅうでん） 0 名 末班車

着く（つく） 1 動 到達

乗る（のる） 0 動 乘坐、搭乘

乗り換える（のりかえる） 3 動 換乘

高速道路（こうそくどうろ） 5 名 高速公路

踏み切り（ふみきり） 0 名 平交道

歩道（ほどう） 0 名 人行道

歩く（あるく） 2 動 走

通り（とおり） 3 名 馬路

大通り（おおどおり） 3 名 大馬路

車道（しゃどう） 0 名 車道

坂（さか） 2 名 斜坡

橋（はし） 2 名 橋

タクシー 1 名 計程車

駐車場（ちゅうしゃじょう） 0 名 停車場

ガソリンスタンド 6 名 加油站

渋滞（じゅうたい） 0 名 塞車

信号（しんごう） 0 名 紅綠燈

角を曲がる（かどをまがる） 轉彎

歩道橋（ほどうきょう） 0 名 天橋

8 街（まち） 2 名 街道

オフィス 1 名 辦公室

高層（こうそう）ビル 5 名 高層建築物

金融機関（きんゆうきかん） 5 名 金融機關

郵便局（ゆうびんきょく） 3 名 郵局

銀行（ぎんこう） 0 名 銀行

交番（こうばん） / 派出所（はしゅつじょ） 0 / 4 名 派出所

消防署（しょうぼうしょ） 5 名 消防局

博物館（はくぶつかん） 3 名 博物館

美術館（びじゅつかん） 2 名 美術館

病院（びょういん） 0 名 醫院

映画館（えいがかん） 3 名 電影院

図書館（としょかん） 2 名 圖書館

公園（こうえん） 0 名 公園

遊園地（ゆうえんち） 3 名 遊樂園

動物園（どうぶつえん） 4 名 動物園

植物園（しょくぶつえん） 4 名 植物園

運動場（うんどうじょう） 0 名 運動場

水族館（すいぞくかん） 3 名 水族館

神社（じんじゃ） 1 名 神社

お寺（てら） 0 名 寺廟

教会（きょうかい） 0 名 教堂

レストラン 1 名 餐廳

食堂（しょくどう） 0 名 食堂

喫茶店（きっさてん） 0 名 咖啡店

居酒屋（いざかや） 0 名 居酒屋

本屋（ほんや） / 書店（しょてん） / ブックストア
1 / 0 / 5 名 書店

薬屋（くすりや） / 薬局（やっきょく） / ドラッグストア
0 / 0 / 6 名 藥局

古本屋（ふるほんや） 0 名 舊書店、二手書店

花屋（はなや） 2 名 花店

八百屋（やおや） 0 名 蔬菜店

美容院（びよういん） 2 名 美容院

理容院（りよういん） / 床屋（とこや） 2 / 0 名 理髮店

文具店（ぶんぐてん） / 文房具屋（ぶんぼうぐや） 3 / 6 名 文具店

デパート 2 名 百貨公司

スーパー 1 名 超級市場

コンビニ 0 名 便利商店

問題4「說話表現」

考試科目（時間）	題型			
	大題		內容	題數
聽解40分鐘	1	課題理解	聽取具體的資訊，選擇適當的答案，測驗是否理解接下來該做的動作	6
	2	重點理解	先提示問題，再聽取內容並選擇正確的答案，測驗是否能掌握對話的重點	6
	3	概要理解	測驗是否能從聽力題目中，理解說話者的意圖或主張	3
	4	說話表現	邊看圖邊聽說明，選擇適當的話語	4
	5	即時應答	聽取單方提問或會話，選擇適當的回答	9

問題 4 注意事項

❋「問題4」會考什麼？

邊看圖邊聽說明，並選擇適當的回答。這是之前在舊日檢考試中沒有出現過的新型態考題。考生必須依照場合與狀況，判斷要選擇哪個句子才適當。

❋「問題4」的考試形式？

圖示會畫出問題的情境，請一邊看試題本上的圖一邊聽問題，然後針對圖和提示提問的情境，從三個選項中選出一個最適當的答案。共有四個小題。

❋「問題4」會怎麼問？ MP3 30

・別の学校の友達に、自分の学校を自慢します。何と言いますか。

1. あれがうちの学校。小さいけど新しくていい学校なんだ。
2. あれがうちの学校。きれいなだけで、新しくしてほしい。
3. あれがうちの学校。新しいけど、だめな学校になるよ。

向別的學校的朋友誇耀自己的學校。要說什麼呢？

1. 那是我的學校。雖然小，但是又新又好的學校。
2. 那是我的學校。只是漂亮而已，我希望它翻新。
3. 那是我的學校。雖然新，但是變成不行的學校了。

・友達をパーティーに誘います。何と言いますか。

1. 楽しいから、いっしょに行きましょうよ。
2. 楽しいから、いっしょに行きたがります。
3. 楽しいから、いっしょしてもいいでしょう。

邀請朋友參加宴會。要說什麼呢？

1. 很好玩，所以一起去嘛！
2. 很好玩，所以想一起去。
3. 很好玩，所以一起去也可以吧。

問題 4 實戰練習

問題4

問題4では、えを見ながら質問を聞いてください。やじるし（➡）の人は何と言いますか。1から3の中から、最もよいものを一つえらんでください。

1番 MP3 31

2番 MP3 32

3 番（ばん） MP3 33

4 番（ばん） MP3 34

問題 4 實戰練習解析

問題4

問題4では、えを見ながら質問を聞いてください。やじるし（➡）の人は何と言いますか。1から3の中から、最もよいものを一つえらんでください。

問題4，請一邊看圖一邊聽問題。箭號（➡）比著的人要說什麼呢？請從1到3當中，選出一個最適當的答案。

（M：男性、男孩　F：女性、女孩）

1番 MP3 31

先輩に、今の時間を聞きたいです。何と聞きますか。

1. すみません、今はいつだろう。

2. すみません、今、何時ですか。

3. すみません、今の時間はどうかな。

想問學長姊現在的時間。要怎麼問呢？

1. 不好意思，現在是何時啊！
2. 不好意思，現在，幾點呢？
3. 不好意思，現在的時間是如何啊？

答案：2

解析 請問人家時間時，要先說「すみません」（不好意思）當起頭語，接著才說「今（いま）、何時（なんじ）ですか。」（現在幾點呢？）故正確答案為選項2。其餘選項1和3，語意不詳且口氣不誠懇，不予考量。

2番 MP3 32

写真を撮ってもらいたいです。知らない人に、何と言いますか。

1. あのう、写真を撮っていただけませんか。

2. あのう、これで写真を撮りましょう。

3. あのう、よかったらこれで写真を撮ります。

想請人幫忙照相。對不認識的人，要說什麼呢？

1. 那個，能不能請您幫忙照相呢？

2. 那個，用這個照相吧！

3. 那個，如果可以的話，用這個照相。

答案：1

解析「～ていただけませんか」（能不能請您幫忙～呢？）是重要的請求句型，它源自於「～てもらいます」（請人家幫忙做～）。

→「～ていただきます」（～てもらいます的敬語；請您幫忙做～）

→「～ていただけますか」（可以請您幫忙做～嗎？）

→「～ていただけませんか」（能不能請您幫忙做～呢？）

所以正確答案為選項1「写真を撮っていただけませんか。」（能不能請您幫忙照相呢？）

3 番 MP3 33

電話で話しています。映画に誘いたいのですが、何と言いますか。

1. ねえ、今度の日曜日、映画を見に行かない？

2. ねえ、今度の日曜日、映画を見せましょう。

3. ねえ、今度の日曜日、映画を見に行ってもいいですか。

正在電話中說話。要約別人看電影，要說什麼呢？

1. 嗯，這個星期天，要不要去看個電影？

2. 嗯，這個星期天，給你看電影吧！

3. 嗯，這個星期天，去看電影也可以嗎？

答案：1

解析 三個選項中，選項1「映画を見に行かない？」（要不要去看個電影？）是用否定的句尾，做婉轉邀約，為重要的邀約句型，請牢記；選項2「映画を見せましょう。」（給你看電影吧！）要改成「映画を見ましょう。」（看個電影吧！）才是正確的邀約句型；選項3「映画を見に行ってもいいですか。」（去看電影也可以嗎？）為許可句型，不適合拿來邀約別人。故正確答案為選項1。

4番 MP3 34

東京駅に行きたいのですが、道に迷ってしまいました。何と聞きますか。

1. すみません、東京駅へどうして行ってもいいでしょうか。

2. すみません、東京駅へ行きますが、ここはどこでしょう。

3. すみません、東京駅へはどうやって行ったらいいですか。

想去東京車站，但是迷路了。要怎麼問呢？

1. 不好意思，到東京車站，要怎麼去都可以吧？
2. 不好意思，我要去東京車站，但是這裡是哪裡啊？
3. 不好意思，到東京車站，要怎麼去才好呢？

答案：3

解析 三個選項中，選項1不知所云，不予考慮；選項2問自己身在何處，被問到的人也不知道該如何回答，不予考慮；選項3為正確說法，請記起來。

聽解必考句型 4 MP3 35

1 てしょうがない　……得不得了、特別……

是「てしようがない」簡約而成的形式，是「てしかたがない」較口語的説法。

・隣の人が深夜までカラオケをしていて、うるさくてしょうがない。

鄰居到深夜還在唱卡啦OK，吵得不得了。

・最近つかれているのか、体の具合が悪くてしょうがない。

最近不知道是不是累了，身體狀況糟透了。

・ペットの犬が死んでしまって、悲しくてしょうがない。

寵物狗死了，傷心得不得了。

2 さすが（は）　不愧是……、果然名不虛傳

用來表示某事的結果果然符合説話者所了解的內容、或者所持有的社會觀念。意思與「やっぱり」（還是）相近，但「さすが」只能用於褒獎。

・こんな難しい問題ができるなんて、さすが山口くんだ。

這麼難的問題也會，不愧是山口同學。

・彼女、さすがプロだね。

她，不愧是專家。

・さすがは金メダリスト、どんな相手が来ても安定している。

果然是金牌選手，無論來什麼樣的對手都很穩。

3 からいいようなもんの　因為……幸好沒……

表示「因為……幸好沒有導致嚴重的後果」。有「從結果來看，雖然避免了最壞的事態，但也不是很好」的言外之意。意思雖與「からいいけど」（因為……倒也……）相似，但指責或責備的語氣要重得多。

・大きな病気じゃなかったからいいようなもんの、体を大事にしなきゃだめじゃない。

幸好沒有大病，但不能不好好照顧身體啊！

・保険をかけてあったからいいようなもんの、そうじゃなかったらたいへんなことになってたよ。

幸好有保險，要不然可就不得了了。

・ちょうど父の車があったからいいようなもんの、もう少しで遅刻するところだった。

幸好正巧有父親的車子在，要不然差點就遲到了。

4 とかで　說是……、據說……

「據說是……的原因」的意思。表示原因是從別人那裡聽來的。多用於口語。

・近(ちか)くで事故(じこ)があったとかで、渋滞(じゅうたい)している。

說是在附近有交通事故，所以在塞車。

・彼女(かのじょ)は来週(らいしゅう)引(ひ)っ越(こ)すとかで、忙(いそが)しいようだ。

據說她下禮拜要搬家，所以好像很忙。

・この後(あと)、結婚式(けっこんしき)に出(で)るとかで、鈴木(すずき)さんは派手(はで)なドレスでやってきた。

聽說鈴木小姐接著要參加婚宴，所以穿著華麗的洋裝來。

5 かなあ　多希望……啊

前面接續表示動作、變化、存在的動詞與表示可能的「動詞 + れる」的否定形，表示「那樣的話就好」、「希望如此」等說話者的願望與希望。

・雨(あめ)がやまないかなあ。

多希望雨停啊。

・早(はや)く夏休(なつやす)みにならないかなあ。

多希望暑假早點來啊。

・娘(むすめ)が一流大学(いちりゅうだいがく)に受(う)かってくれないかなあ。

多希望女兒考上一流大學啊。

6 ことになる　決定……

表示就將來的某種行為做出某種決定、達成某種共識或得出某種結果。另外一個句型「ことにする」主要意思為明確由某人做出了決定或下了決定，而「ことになる」在這點上則較不明確，帶有該結果、決定是自然而然、不知不覺中產生的涵義在。

・弟が結婚することになりました。

弟弟決定結婚了。

・来月から、アメリカの支社に行くことになりました。

決定從下個月開始調到美國分公司了。

・その仕事は、他社に任せることになりました。

那件工作，決定交給別家公司了。

7 おきに　每隔……

主要接在表示時間或距離的詞彙後面，表示「相隔這麼長的時間或距離」，但由於其表示的事物排列成行，所以這裡也可以當作距離來理解。

・陽明山行きのバスは10分おきに出てますよ。

往陽明山的公車每隔十分鐘會發一班車唷。

・この白い薬は5時間おきに飲んでください。

這顆白色的藥請每隔五個小時吃一次。

・彼は焼肉が好きで、ほぼ一日おきに食べている。

因為他喜歡吃燒肉，幾乎每隔一天吃一次。

8 恐れがある　恐怕……、有……危險性

表示有發生某種事情的可能性，但只限於表示不討喜的事情。類似的表達方式有「危険がある」（有……方面的危險）、「不安がある」（有……方面的不安）等。

・明日あたり、大型の台風がやってくる恐れがあるそうです。

據說大約是明天，恐怕大颱風會來。

・地震がまた起こる恐れがあるので、避難してください。

因為恐怕地震又會發生，所以請避難。

・津波の恐れがあるのは、この地域だけではありません。

恐怕海嘯會來的地方，不只這區。

聽解必背單字 4 MP3 36

工作篇

1 就職（しゅうしょく） 0 名 就業

就職活動（しゅうしょくかつどう）/ 就活（しゅうかつ） 5 / 0 名 找工作、求職

人材（じんざい） 0 名 人才

求人（きゅうじん） 0 名 招人、招募人材

書類選考（しょるいせんこう） 4 名 資料審核

履歴書（りれきしょ） 4 名 履歷表

面接（めんせつ） 0 名 面試

資格（しかく） 0 名 資格

経歴（けいれき） 0 名 經歷

経験（けいけん） 0 名 經驗

卒業証明書（そつぎょうしょうめいしょ） 9 名 畢業證書

証明写真（しょうめいしゃしん） 5 名 大頭照

職歴（しょくれき） 0 名 職業經歷

学歴（がくれき） 0 名 學歷

業績（ぎょうせき） 0 名 業績

推薦書（すいせんしょ） 5 名 推薦信

健康診断書（けんこうしんだんしょ） 9 名 健康檢查報告

人脈（じんみゃく） 0 名 人脈

新卒（しんそつ） 0 名 新剛畢業的學生、社會新鮮人

内定（ないてい） 0 名 內定

採用（さいよう） 0 名 錄取

雇用（こよう） 0 名 僱用

雇う（やとう） 2 動 僱用

雇われる（やとわれる） 4 動 被僱用

2 会社（かいしゃ） 0 名 公司

- 企業（きぎょう） 1 名 企業
- 業種（ぎょうしゅ） 1 名 行業
- 職種（しょくしゅ） 0 名 職業種類
- 業界（ぎょうかい） 0 名 業界
- 中小企業（ちゅうしょうきぎょう） 5 名 中小企業
- 有限会社（ゆうげんがいしゃ） 5 名 有限公司
- 株式会社（かぶしきがいしゃ） 5 名 股份公司
- 製造業（せいぞうぎょう） 3 名 製造業
- 建設業（けんせつぎょう） 4 名 建築業
- 卸売業（おろしうりぎょう） 5 名 批發業
- 小売業（こうりぎょう） 3 名 零售業
- 不動産業（ふどうさんぎょう） 4 名 房地產業
- 商社（しょうしゃ） 1 名 貿易公司
- サービス業（ぎょう） 4 名 服務業
- 金融業（きんゆうぎょう） 3 名 金融業
- 保険業（ほけんぎょう） 2 名 保險業
- 運輸業（うんゆぎょう） 3 名 運輸業
- 出版業（しゅっぱんぎょう） 3 名 出版業
- 情報通信業（じょうほうつうしんぎょう） 8 名 通訊業
- 公務員（こうむいん） 3 名 公務員
- 会社員（かいしゃいん） 3 名 上班族
- 親会社（おやがいしゃ） 3 名 總公司
- 子会社（こがいしゃ） 2 名 子公司
- 下請け（したうけ） 0 名 轉包
- 本店（ほんてん） 0 名 總店
- 支店（してん） 0 名 分店
- 本社（ほんしゃ） 1 名 總公司
- 支社（ししゃ） 1 名 分公司
- 自営業（じえいぎょう） 2 名 自營業
- 解雇（かいこ） 1 名 解雇
- 辞める（やめる） 0 動 辭（職）
- 倒産（とうさん） 0 名 倒閉
- 失業（しつぎょう） 0 名 失業
- 職業安定所（しょくぎょうあんていじょ） 9 名 職業介紹所
- リストラ 0 名 裁員
- 辞職（じしょく） 0 名 辭職
- 転職（てんしょく） 0 名 轉行
- 定年（ていねん） 0 名 退休
- 退職（たいしょく） 0 名 離職、退休
- 無職（むしょく） 1 名 無職業、沒有工作
- 失業保険（しつぎょうほけん） 5 名 失業保險

3 労働条件（ろうどうじょうけん） 5 名 勞動條件

派遣（はけん） 0 名 派遣

常勤（じょうきん） 0 名 正職

非常勤（ひじょうきん） 2 名 兼職

バイト / アルバイト 0 / 3 名 打工

フリーター 0 名 打工族、飛特族

任期（にんき） 1 名 任期

社会保険（しゃかいほけん） 4 名 社會保險

労働基準法（ろうどうきじゅんほう） 0 名 勞動基準法

収入（しゅうにゅう） 0 名 收入

所得（しょとく） 0 名 所得

給料（きゅうりょう） 1 名 薪水

時給（じきゅう） 0 名 時薪

日給（にっきゅう） 0 名 日薪

月給（げっきゅう） 0 名 月薪

勤め先（つとめさき） 0 名 工作單位

手当て（てあて） 1 名 津貼

年収（ねんしゅう） 0 名 年收入

待遇（たいぐう） 0 名 待遇

初任給（しょにんきゅう） 2 名 剛就任的薪資

福利厚生（ふくりこうせい） 1 名 福利保健（包含政府法定福利與企業非法定福利）

ボーナス 1 名 獎金

働く（はたらく） / 勤める（つとめる） 0 / 3 動 工作

仕事（しごと） 0 名 工作

職場（しょくば） 0 名 職場、工作單位

入社（にゅうしゃ） 0 名 進公司

退社（たいしゃ） 0 名 離職、下班

出勤（しゅっきん） 0 名 上班

欠勤（けっきん） 0 名 缺勤、請假

通勤（つうきん） 0 名 上下班

労働（ろうどう） 0 名 勞動

残業（ざんぎょう） 0 名 加班

夜勤（やきん） 0 名 夜班

休暇（きゅうか） 0 名 休假

育児休暇（いくじきゅうか） 4 名 育嬰假

休職（きゅうしょく） 0 名（暫時）停職、留職停薪

会議（かいぎ） 1 名 會議

4 組織（そしき） 1 名 組織

- 株主（かぶぬし） 2 名 股東
- 取締役（とりしまりやく） 0 名 董事長
- 社長（しゃちょう） 0 名 社長
- 副社長（ふくしゃちょう） 3 名 副社長
- 重役（じゅうやく） 0 名 董事
- 常務（じょうむ） 1 名 常務董事
- 専務（せんむ） 1 名 專務董事
- 会長（かいちょう） 0 名 會長
- 秘書（ひしょ） 1 名 祕書
- 部長（ぶちょう） 0 名 部長
- 課長（かちょう） 0 名 課長
- 係長（かかりちょう） 3 名 股長
- 店長（てんちょう） 1 名 店長
- 従業員（じゅうぎょういん） 3 名 工作人員
- 社員（しゃいん） 1 名 公司員工
- 上司（じょうし） 1 名 上司
- 部下（ぶか） 1 名 屬下
- 就任（しゅうにん） 0 名 就任、就職
- 昇進（しょうしん） 0 名 晉級、晉升
- 赴任（ふにん） 0 名 赴任
- 地位（ちい） 1 名 地位
- 新任（しんにん） 0 名 新任
- 同僚（どうりょう） 0 名 同事
- 出世（しゅっせ） 0 名 出人頭地
- 人事（じんじ） 1 名 人事
- 転勤（てんきん） 0 名 調動、調職
- 出張（しゅっちょう） 0 名 出差
- 営業（えいぎょう） 0 名 營業
- 技術職（ぎじゅつしょく） 3 名 需專門技術的工作、職位
- 事務（じむ） 1 名 事務
- 業務（ぎょうむ） 1 名 業務
- 実績（じっせき） 0 名 實際業績、工作成績

5 貿易（ぼうえき） 0 名 貿易

輸入（ゆにゅう） 0 名 進口

輸出（ゆしゅつ） 0 名 出口

貿易会社（ぼうえきがいしゃ） 5 名 貿易公司

規制（きせい） 0 名 限制、規定

緩和（かんわ） 0 名 緩和、放寬

関税（かんぜい） 0 名 關稅

運送（うんそう） 0 名 運送

運ぶ（はこぶ） 0 動 運送

送る（おくる） 0 動 送

輸送（ゆそう） 0 名 運輸、運送

納入（のうにゅう） 0 名 繳納

納期（のうき） 1 名 繳納期限、交貨期

納品（のうひん） 0 名 交貨

入荷（にゅうか） 0 名 進貨

出荷（しゅっか） 0 名 出貨

注文（ちゅうもん） 0 名 訂貨

外国為替（がいこくかわせ） 5 名 外匯

円高（えんだか） 0 名 日圓升值

円安（えんやす） 0 名 日圓貶值

外貨（がいか） 1 名 外匯

6 販売（はんばい） 0 名 銷售

売る（うる） 0 動 賣

買う（かう） 0 動 買

発売（はつばい） 0 名 發售

売れる（うれる） 0 動 暢銷

売り払う（うりはらう） 4 動 賣掉

売り出す（うりだす） 3 動 出售

売り切れる（うりきれる） 4 動 賣光

売り切れ（うりきれ） 0 名 賣光

在庫（ざいこ） 0 名 庫存

ネット販売（はんばい） 4 名 網路銷售

値段（ねだん） 0 名 價格

物価（ぶっか） 0 名 物價

値上げ（ねあげ） 0 名 漲價

値下げ（ねさげ） 0 名 降價

値引き（ねびき） 0 名 減價

消費者（しょうひしゃ） 3 名 消費者

7 取り引き（とりひき） 2 名 交易

契約（けいやく） 0 名 契約
売買（ばいばい） 1 名 買賣
需要（じゅよう） 0 名 需要
供給（きょうきゅう） 0 名 供給
消費する（しょうひ） 0 動 消費
独占（どくせん） 0 名 壟斷

8 経費（けいひ） 1 名 經費、開支

送金（そうきん） 0 名 寄錢、匯款
領収書（りょうしゅうしょ） 5 名 收據
請求書（せいきゅうしょ） 5 名 帳單
精算（せいさん） 0 名 結算、細算
支払う（しはらう） 3 動 支付
支払い（しはらい） 0 名 支付
使用料（しようりょう） 2 名 使用費
有料（ゆうりょう） 0 名 收費
無料（むりょう） 0 名 免費
賃金（ちんぎん） 1 名 租金、工資
費用（ひよう） 1 名 費用
人件費（じんけんひ） 3 名 人事費
手数料（てすうりょう） 2 名 手續費
輸送費（ゆそうひ） 2 名 運費
光熱費（こうねつひ） 4 名 電費瓦斯費
広告費（こうこくひ） 4 名 廣告費
税金（ぜいきん） 0 名 稅金
決算（けっさん） 1 名 決算、結算
融資（ゆうし） 1 名 融資
資本金（しほんきん） 0 名 資本金
資金（しきん） 1 名 資金
出資（しゅっし） 0 名 出資
合弁（ごうべん） 0 名 合資
合併（がっぺい） 0 名 合併
提携（ていけい） 0 名 合作
取引先（とりひきさき） 0 名 客戶

問題5「即時應答」

考試科目（時間）	題型			
	大題		內容	題數
聽解40分鐘	1	課題理解	聽取具體的資訊，選擇適當的答案，測驗是否理解接下來該做的動作	6
	2	重點理解	先提示問題，再聽取內容並選擇正確的答案，測驗是否能掌握對話的重點	6
	3	概要理解	測驗是否能從聽力題目中，理解說話者的意圖或主張	3
	4	說話表現	邊看圖邊聽說明，選擇適當的話語	4
	5	即時應答	聽取單方提問或會話，選擇適當的回答	9

問題 5 注意事項

❋「問題5」會考什麼？

聽取單方提問或會話，選擇適當的回答。這也是在舊日檢考試中沒有出現過的新型態考題。考生聽完非常簡短的對話之後，要馬上選出一個正確答案。

❋「問題5」的考試形式？

試題本上沒有印任何字，所以要仔細聆聽。首先注意聽簡短又生活化的一至二句對話，並針對它的發話選擇回應。答案的選項只有三個。共有九個小題。

❋「問題5」會怎麼問？ MP3 37

・F：先生（せんせい）、今（いま）ちょっとよろしいですか。

M：1. いいよ。何（なに）かな。

2. いけないね。がんばって。

3. こっちこそ、よろしくね。

F：老師，現在可以說一下話嗎？

M：1. 好啊！什麼事啊？

2. 不可以喔！加油！

3. 我才要請你多多指教耶。

・F：いらっしゃい。どうぞお入(はい)りください。

M：1. すみません、おじゃまします。

2. すみません、いただきます。

3. すみません、いってきます。

F：歡迎。請進。

M：1. 不好意思，打擾了。

2. 不好意思，開動了。

3. 不好意思，我出門了。

・F：あれっ、今日(きょう)の会議(かいぎ)はこの部屋(へや)だったっけ？

M：1. ううん、あさってだよ。

2. ううん、二時(にじ)からだよ。

3. ううん、この隣(となり)の部屋(へや)だよ。

F：咦，今天的會議是在這間房間嗎？

M：1. 不是，是後天喔！

2. 不是，從二點開始喔！

3. 不是，是這隔壁的房間喔！

問題 5 實戰練習

問題5

問題5では、問題用紙に何もいんさつされていません。まず文を聞いてください。それから、そのへんじを聞いて、1から3の中から、最もよいものを一つえらんでください。

— メモ —

1 番 MP3 38

2 番 MP3 39

3 番 MP3 40

4 番 MP3 41

5 番 MP3 42

6 番 MP3 43

7 番（ばん） MP3 44

8 番（ばん） MP3 45

9 番（ばん） MP3 46

問題 5 實戰練習解析

問題5

問題5では、問題用紙に何もいんさつされていません。まず文を聞いてください。それから、そのへんじを聞いて、1から3の中から、最もよいものを一つえらんでください。

問題5，試題紙上沒有印任何字。請先聽句子。接著，聽它的回答，然後從1到3裡面，選出一個最適當的答案。

（M：男性、男孩　F：女性、女孩）

1番 MP3 38

F：遠慮しないで食べてください。

M：1. じゃ、いただきます。

2. じゃ、おじゃまします。

3. じゃ、ごめんください。

F：別客氣，請用。

M：1. 那麼，我開動了。

2. 那麼，打擾了。

3. 那麼，請問有人在嗎？

答案：1

解析 題目中的「遠慮しないで」（別客氣），在聽解測驗中常出現，請牢記。至於三個選項，選項1中的「いただきます。」意為「開動了！」用於告知同桌的人自己要開始吃了，含有感謝之意；選項2中的「おじゃまします。」意為「打擾了！」是要進人家的家門時說的話，含有謙讓之意；選項3中的「ごめんください。」意為「請問有人在嗎？」若和「じゃ」（那麼）搭配，語意不明，所以不予考量。故正確答案為選項1。

2 番（ばん） MP3 39

F ：お先（さき）に失礼（しつれい）します。

M ：1. おつかれさまでした。

2. 失礼（しつれい）してください。

3. お世話（せわ）しました。

F ：先告辭了。

M ：1. 您辛苦了。

2. 請告辭。

3. 我照顧了。

答案：1

解析 題目中的「お先（さき）に失礼（しつれい）します。」（我先告辭了。）用於公司或者是聚會自己要先離開時。此句話聽解測驗中常出現，請牢記。至於三個選項，選項1中的「おつかれさまでした。」意為「您辛苦了。」多用在別人要離開時或別人完成某件事情時；而選項2和選項3均為錯誤用法，故正確答案為選項1。

3番 MP3 40

F：うちの子、希望の大学に受かったんです。

M：1. ありがとうございます。お世話さまでした。

2. おめでとうございます。よかったですね。

3. うれしいです。よろしくお願いします。

F　：我家的小孩，考上想進的大學了。

M　：1. 謝謝您。讓您照顧了。

2. 恭喜您。太好了。

3. 好開心。請多多指教。

答案：2

解析 本題的重點在是否聽懂「受かったんです。」（考上了。）這個字。至於三個選項，選項1中的「お世話さまでした。」為錯誤用法，應該是「お世話します。」（我來照顧。）或是「お世話になりました。」（承蒙照顧了。）但即使是如此，語意也不符；選項2，聽到人家的好消息，恭喜對方，替對方高興，當然正確；選項3，文法正確，但是語意不合，所以不予考量。故正確答案為選項2。

4番 MP3 41

F：どうしたの？

M：1. しょうがないことだよ……。

2. うちの犬が死んじゃって……。

3. そうしたほうがよかったのに……。

F ：怎麼了？

M ：1. 這也是沒有辦法的事啊……。

2. 我家的狗死了……。

3. 明明那樣做比較好……。

答案：2

解析 本題的重點在是否聽懂「どうしたの？」（怎麼了？）這句話，也就是「發生什麼事了？」故正確答案為選項2。

5番 MP3 42

F：ちょっと頭が痛いんだ。

M：1. だから休むべきだったんだ。

2. むりしても休みましょう。

3. 早く帰って休んだほうがいいよ。

F　：頭有點痛。

M　：1. 所以（之前）就應該要休息嘛。

2. 就算勉強也休息吧！

3. 早點回家休息比較好喔！

答案：3

解析 本題的題目不難，三個選項也好像都可以，但是一般日本人聽到別人已經不舒服時，不會冷嘲熱諷，也不會強迫對方休息，只會用「～ほうがいい」（～比較好）這樣的建議句型來提醒對方，故最合適的答案為選項3。

6番 MP3 43

F　：銀行は何時までだったっけ？

M　：1. ほんとうに3時半までだった？

　　2. 3時半までだったと思うけど。

　　3. たしか3時半だといいよね。

F　：之前說銀行到幾點？

M　：1. 之前真的說到三點半？

　　2. 我記得是到三點半……。

　　3. 要是真能到三點半的話就好了啊！

答案：2

解析 先看問句，句中的「～っけ」意為「是不是～來著」，用於自己記不清楚時的確認，所以「銀行は何時までだったっけ？」意為「之前說銀行到幾點來著？」故正確答案為選項2。

7 番(ばん) MP3 44

F：今日(きょう)はごちそうさまでした。

M：1. いえいえ、また遊(あそ)びに来(き)てくださいね。

2. いえいえ、こちらこそすみません。

3. いえいえ、お世話(せわ)になりました。

F　：今天謝謝您的招待。

M　：1. 不會不會，請再來玩喔。

2. 不會不會，我才不好意思。

3. 不會不會，讓您照顧了。

答案：1

解析 先看問句，句中的「ごちそう」原意為「美饌」，所以在吃飽時說「ごちそうさまでした」這句話，意為「享受了美味的菜餚」，也可以說「吃飽了」。所以，在酒足飯飽要離開別人家裡時，可引申為「謝謝您的招待」。故正確答案為選項1。

8 番 MP3 45

F：お支払いは現金ですか、カードですか。

M：1. カードをください。

2. カードにします。

3. カードにしなさい。

F　：付款是用現金呢？還是卡呢？

M　：1. 請給我卡。

2. 我用卡。

3. 給我用卡！

答案：2

解析 本題的題目不難，一定可以了解，但是三個選項，則充滿陷阱。選項1「カードをください。」不是「請用卡」，而是「請給我卡」，所以錯誤；選項2「カードにします。」（我用卡。）為正確答案，其中的「～にします」句型，意為「決定～」，非常重要，請牢記；選項3「カードにしなさい。」（給我用卡！）非常不禮貌，所以當然不對。故正確答案為選項2。

9番 MP3 46

F：あのう、今ちょっといいですか。

M：1. ええ、いいでしょうね。

2. ええ、何でしょうか。

3. ええ、ひどいお願いだね。

F　：那個，現在可以稍微聊一下嗎？

M　：1. 好，應該可以吧！

2. 好，什麼事情呢？

3. 好，很過分的要求耶！

答案：2

解析 本題只要知道題目「今ちょっといいですか。」的意思，便能選出答案。「ちょっと」意為「稍微」；「いいですか」意為「可以嗎？」所以整句話就是「現在稍微可以嗎？」也就是「現在可以稍微聊一下嗎？」至於三個選項，只有選項2「ええ、何でしょうか。」（好，什麼事情呢？）比較有禮貌，故正確答案為選項2。

聽解必考句型 5 MP3 47

1 きれない　不能完全……

接在動詞連用形之後，意思為「不能完全……」或「不能充分……」等。

・こんなにたくさん、一人じゃ食べきれないよ。

這麼多，一個人無法吃完啊。

・どんなに後悔してもしきれない。

再怎麼後悔也來不及了。

・彼との別れは、今でもあきらめきれないつらい思い出だ。

和他的分手，是至今仍難以割捨的痛苦回憶。

2 たかが　不過是、不就是

表示一種評價，多為「沒什麼了不起」的意思。

・たかがジーパンに百万円も出すとは、あまりにばかげている。

不過是一件牛仔褲，竟付一百萬日圓，簡直是無聊。

・たかが証明書一枚のために、半日も待たされるなんて。

不就是為了一張證明書，竟讓我等了半天。

・どんなに頭がいいといっても、たかが子供じゃないですか。

說多麼聰明，也不過是個小孩子嘛。

3 というか　說是……吧！

　用於就人或者事，以「比如可以這麼說」的心情，插入說話者自己的印象與判斷。後面的接續多為總結性的判斷。

・そんなことを言うなんて、ばかというか、ほんとあきれるよ。

説那種話，該說是傻吧，真是夠了。

・うちの息子は勇気があるというか、いつも決断が早い。

該說我兒子是有勇氣吧，決斷總是很快。

・悲しいというか、ばかばかしいというか、言葉にはしにくい。

說是悲傷呢還是非常愚蠢呢，言語難以形容。

4 たところで　即使……、頂多……

　後面伴有表示量少程度的表達。表示「即使發生了那樣的事時，其份量或程度也都微不足道」。

・どんなに遅れたところで、十分くらいで着きます。

再怎麼遲到，頂多十分鐘就會到。

・夫はどんなに出世したところで、課長レベルでしょう。

我先生再怎麼出人頭地，頂多也就課長程度吧。

・毎日電話してきたところで、答えは同じです。

即使每天打電話來，回應也是一樣的。

5 なさい　（表示命令或指示）

如父母對孩子、或老師對學生等，處於監督崗位的人較常使用。

・静(しず)かにしなさい。

安靜點！

・早(はや)く寝(ね)なさい。

早點睡！

・質問(しつもん)を聞(き)いて、正(ただ)しい答(こた)えを選(えら)びなさい。

聽問題，並選出正確的答案！

6 なんでもない　算不了什麼

表示「不是什麼值得一提的事」、「不是什麼大不了的事」等。

・このくらいの苦労(くろう)、なんでもない。

這種程度的辛苦，算不了什麼。

・このくらいの怪我(けが)、なんでもないよ。

這種程度的受傷，沒什麼啊。

・A：顔色(かおいろ)が悪(わる)いけど、だいじょうぶ？

B：なんでもないよ。

A：臉色不好，沒事吧？
B：沒什麼啦。

7 になく　與……不同

是慣用説法，表示「與往常不同」，也常以「にもなく」的説法出現。

・今年の春は例年になく寒い。

今年的春天與往年不同，很冷。

・校庭はいつになく静かだ。

校園與平時不同，好安靜。

・彼は柄になく、とても恥ずかしそうだった。

他不像平常的樣子，看起來非常害羞。

8 ぶる　假裝……、擺出…… 的樣子

表示「用好像……的態度」，擺出「好像了不起」的樣子。多用於説話者對某人的負面評價。

・かわいこぶって、ほんとにいやな女だ。

裝可愛，真是討厭的女人啊！

・学者ぶって説明しないでほしい。

希望別擺出一副學者的樣子來説明。

・彼女は金持ちぶってはいるが、ほんとはたいしたことない。

她擺出有錢人的樣子，其實沒什麼了不起。

聽解必背單字 5 MP3 48

教育篇

1 学校（がっこう） 0 名 學校

- 幼稚園（ようちえん） 3 名 幼稚園
- 小学校（しょうがっこう） 3 名 小學
- 中学校（ちゅうがっこう） 3 名 國中
- 高校（こうこう） 0 名 高中
- 専門学校（せんもんがっこう） 5 名 專科學校
- 大学（だいがく） 0 名 大學
- 大学院（だいがくいん） 4 名 研究所
- 男子校（だんしこう） 0 名 男生學校、男校
- 女子校（じょしこう） 0 名 女生學校、女校
- 共学（きょうがく） 0 名 男女合校、男女合班
- 予備校（よびこう） 0 名 補習學校
- 塾（じゅく） 1 名 補習班
- 国立（こくりつ） 0 名 國立
- 公立（こうりつ） 0 名 公立
- 私立（しりつ） 1 名 私立
- 県立（けんりつ） 0 名 縣立
- 登校（とうこう） 0 名 上學
- 下校（げこう） 0 名 放學
- 学期（がっき） 0 名 學期
- 出席（しゅっせき） 0 名 出席
- 欠席（けっせき） 0 名 缺席
- 早退（そうたい） 0 名 早退
- 遅刻（ちこく） 0 名 遲到
- 制服（せいふく） 0 名 制服
- 春休み（はるやすみ） 3 名 春假
- 夏休み（なつやすみ） 3 名 暑假
- 冬休み（ふゆやすみ） 3 名 寒假
- 入学（にゅうがく） 0 名 入學
- 卒業（そつぎょう） 0 名 畢業
- 通う（かよう） 0 動 上下課
- 図書館（としょかん） 2 名 圖書館
- 校舎（こうしゃ） 1 名 校舍
- 運動場（うんどうじょう） 0 名 運動場
- 校庭（こうてい） 0 名 校園
- 教室（きょうしつ） 0 名 教室
- 黒板（こくばん） 0 名 黑板

こくばんけ
黒板消し 3 名 板擦

こうどう
講堂 0 名 禮堂

しょくどう
食堂 0 名 食堂、餐廳

たいいくかん
体育館 4 名 體育館

がくひ
学費 0 名 學費

がくい
学位 1 名 學位

2 みぶん 身分 1 名 身分

しょうがくせい
小学生 3 名 小學生

ちゅうがくせい
中学生 3 名 國中生

こうこうせい
高校生 3 名 高中生

だいがくせい
大学生 3 名 大學生

せんもんがっこうせい
専門学校生 8 名 專科生

だいがくいんせい
大学院生 5 名 研究生

せんせい
先生 3 名 老師

きょうじゅ
教授 0 名 教授

じゅんきょうじゅ
准教授 3 名 副教授

せいと　がくせい
生徒 / 学生 1 / 0 名 學生

きょうし
教師 1 名 教師

じどう
児童 1 名 兒童

こうちょう
校長 0 名 校長

きょうとう
教頭 0 名 教務主任

りゅうがくせい
留学生 3 名 留學生

こうし
講師 1 名 講師

せんぱい
先輩 0 名 學長學姊

こうはい
後輩 0 名 學弟學妹

しんにゅうせい
新入生 3 名 新生

そつぎょうせい
卒業生 3 名 畢業生

しゅうし
修士 1 名 碩士

はかせ
博士 1 名 博士

たんにん
担任 0 名 導師

クラスメート 4 名 同班同學

どうきゅうせい
同級生 3 名 同學

3 科目（かもく） 0 名 科目

国語（こくご） 0 名 國語

社会（しゃかい） 1 名 社會

算数（さんすう） 3 名 算數

理科（りか） 1 名 理科

生物（せいぶつ） 1 名 生物

化学（かがく） 1 名 化學

物理（ぶつり） 1 名 物理

歴史（れきし） 0 名 歷史

数学（すうがく） 0 名 數學

地理（ちり） 1 名 地理

英語（えいご） 0 名 英文

音楽（おんがく） 1 名 音樂

体育（たいいく） 1 名 體育

美術（びじゅつ） 1 名 美術

外国語（がいこくご） 0 名 外文

フランス語（ご） 0 名 法文

スペイン語（ご） 0 名 西班牙文

韓国語（かんこくご） 0 名 韓文

イタリア語（ご） 0 名 義大利文

ドイツ語（ご） 0 名 德文

課題（かだい） 0 名 課題、習題

宿題（しゅくだい） 0 名 功課

教材（きょうざい） 0 名 教材

教科書（きょうかしょ） 3 名 教科書

作文（さくぶん） 0 名 作文

辞書（じしょ） / 辞典（じてん） 1 / 0 名 辭典、字典

レポート 2 名 報告

締切り（しめきり） 0 名 截止日期

暗記（あんき） 0 名 背誦、熟記

教（おし）える 0 動 教

勉強（べんきょう）する / 学（まな）ぶ / 習（なら）う 0 / 0 / 2 動 學習

覚（おぼ）える 3 動 記住

予習（よしゅう） 0 名 預習

復習（ふくしゅう） 0 名 複習

がんばる / 努力（どりょく）する 3 / 1 動 努力

やる気（き） 0 名 幹勁

参考書（さんこうしょ） 0 名 參考書

4 試験（しけん） 2 名 考試

入学試験（にゅうがくしけん） / 入試（にゅうし） 6 5 / 0 名 入學考試

小テスト（しょう） 3 名 小考

期末テスト（きまつ） 4 名 期末考

進学（しんがく） 0 名 升學

退学（たいがく） 0 名 退學

留年（りゅうねん） 0 名 留級

志望（しぼう） 0 名 志願

受験（じゅけん） 0 名 應試、應考

留学（りゅうがく） 0 名 留學

願書（がんしょ） 1 名 申請書、報名表

合格（ごうかく） 0 名 及格

不合格（ふごうかく） 2 名 不及格

満点（まんてん） 3 名 滿分

問題（もんだい） 0 名 問題

解答（かいとう） 0 名 解答

正解（せいかい） 0 名 正確答案

点数（てんすう） 3 名 分數

成績（せいせき） 0 名 成績

得点（とくてん） 0 名 得分

偏差値（へんさち） 3 名 偏差值（統計學上的標準數值，日本大學或高中會用此數值判斷考生的學科程度，做為錄取與否的標準）

5 学問（がくもん） 2 名 學問、學識

分野（ぶんや） 1 名 領域

文学（ぶんがく） 1 名 文學

人文科学（じんぶんかがく） 5 名 人文科學

哲学（てつがく） 2 名 哲學

言語学（げんごがく） 3 名 語言學

政治学（せいじがく） 3 名 政治學

経済学（けいざいがく） 3 名 經濟學

法学（ほうがく） 0 名 法學

医学（いがく） 1 名 醫學

薬学（やくがく） 2 名 藥學

自然科学（しぜんかがく） 4 名 自然科學

物理学（ぶつりがく） 3 名 物理學

工学（こうがく） 0 名 工程學

経営学（けいえいがく） 4 名 經營學

考古学（こうこがく） 3 名 考古學

心理学（しんりがく） 3 名 心理學

教育学（きょういくがく） 4 名 教育學

機械工学（きかいこうがく） 4 名 機械工程學

生物学（せいぶつがく） 4 名 生物學

電子工学（でんしこうがく） 4 名 電子工程學

建築学（けんちくがく） 4 名 建築學

土木学（どぼくがく） 3 名 土木學

農学（のうがく） 0 名 農學

情報科学（じょうほうかがく） 5 名 資訊科學

社会学（しゃかいがく） 2 名 社會學

6 研究（けんきゅう） 0 名 研究

- テーマ 1 名 主題
- 仮説（かせつ） 0 名 假設
- 検討（けんとう） 0 名 檢討
- 理論（りろん） 1 名 理論
- 方法（ほうほう） 0 名 方法
- 定義（ていぎ） 1 名 定義
- 測定（そくてい） 0 名 測量
- 実験（じっけん） 0 名 實驗
- 分析（ぶんせき） 0 名 分析
- 解析（かいせき） 0 名 解析
- 比較（ひかく） 0 名 比較
- 比べる（くらべる） 0 動 比較
- 対比（たいひ） 0 名 對比
- 推定（すいてい） 0 名 推斷
- 推計（すいけい） 0 名 推算
- 統計（とうけい） 0 名 統計
- 数値（すうち） 1 名 數值
- 考察（こうさつ） 0 名 考察
- 推論（すいろん） 0 名 推論
- 発見（はっけん） 0 名 發現
- 学説（がくせつ） 0 名 學說
- 先端技術（せんたんぎじゅつ） 5 名 尖端技術
- 検証（けんしょう） 0 名 驗證
- 判定（はんてい） 0 名 判定
- 調べる（しらべる） 3 動 調查
- 追求（ついきゅう） 0 名 追求
- 原因（げんいん） 0 名 原因
- 傾向（けいこう） 0 名 傾向
- 条件（じょうけん） 3 名 條件
- 変化（へんか） 1 名 變化
- 前提（ぜんてい） 0 名 前提
- 概念（がいねん） / コンセプト 1 / 1 名 概念
- 法則（ほうそく） 0 名 法則
- 実例（じつれい） 0 名 實例
- 基礎（きそ） 1 名 基礎
- 基本（きほん） 0 名 基本
- 証明（しょうめい） 0 名 證明

7 議論（ぎろん） 1 名 議論、討論

- 主張（しゅちょう） 0 名 主張
- 賛成（さんせい） 0 名 贊成
- 反対（はんたい） 0 名 反對
- 支持（しじ） 1 名 支持
- 立場（たちば） 1 名 立場
- 討論（とうろん） 1 名 討論
- 反論（はんろん） 0 名 反駁、反論
- 記述（きじゅつ） 0 名 記述
- 発言（はつげん） 0 名 發言
- 思考（しこう） 0 名 思考
- 発想（はっそう） 0 名 發想
- 肯定（こうてい） 0 名 肯定
- 否定（ひてい） 0 名 否定
- 疑問（ぎもん） 0 名 疑問
- 質疑応答（しつぎおうとう） 2 1 名 回答提問
- 発表（はっぴょう） 0 名 發表
- 学会（がっかい） 0 名 學會
- 審査（しんさ） 1 名 審查

8 論文（ろんぶん） 0 名 論文

- 投稿（とうこう）/寄稿（きこう） 0/0 名 投稿
- 本論（ほんろん） 1 名 本論、論文的中心部分
- 結論（けつろん） 0 名 結論
- まとめ 0 名 總結
- 参考文献（さんこうぶんけん） 5 名 參考文獻
- 引用（いんよう） 0 名 引用
- 要点（ようてん） 3 名 要點、要領
- 論（ろん）じる 0 3 動 論述
- 述（の）べる 2 動 陳述
- 著者（ちょしゃ） 1 名 著者、作者
- 著作権（ちょさくけん） 3 名 著作權
- 執筆（しっぴつ） 0 名 執筆

新日檢N3聽解
擬真試題＋解析

在學習完五大題的題目解析之後，馬上來進行擬真試題測驗加強學習成效，聽解實力再加強。

問題用紙

N3

聴解(ちょうかい)

(40分)

注　　意
Notes

1. 試験が始まるまで、この問題用紙を開けないでください。
   Do not open this question booklet until the test begins.
2. この問題用紙を持って帰ることはできません。
   Do not take this question booklet with you after the test.
3. 受験番号(じゅけんばんごう)と名前を下の欄(らん)に、受験票(じゅけんひょう)と同じように書いてください。
   Write your examinee registration number and name clearly in each box below as written on your test voucher.
4. この問題は、全部(ぜんぶ)で14ページあります。
   This question booklet has 14 pages.
5. この問題用紙にメモをとってもいいです。
   You may make notes in the question booklet.

受験番号(じゅけんばんごう)　Examinee Registration Number	

名前　Name	

N3 聴解 解答用紙

受験番号 Examinee Registration Number	

名前 Name	

〈 注意 Notes 〉

1. 黒い鉛筆（HB、No.2）で書いてください。（ペンやボールペンでは書かないでください。）
   Use a black medium soft (HB or No.2) pencil.(Do not use any kind of pen.)
2. 書き直すときは、消しゴムできれいに消してください。
   Erase any unintended marks completely.
3. 汚くしたり、折ったりしないでください。
   Do not soil or bend this sheet.
4. マークれい Marking examples

よいれい Correct Example	わるいれい Incorrect Examples
●	⊗ ◒ ◯ ⓪ ⊜ ⦶ ◌

問題 1

1	①	②	③	④
2	①	②	③	④
3	①	②	③	④
4	①	②	③	④
5	①	②	③	④
6	①	②	③	④

問題 2

1	①	②	③	④
2	①	②	③	④
3	①	②	③	④
4	①	②	③	④
5	①	②	③	④
6	①	②	③	④

問題 3

1	①	②	③	④
2	①	②	③	④
3	①	②	③	④

問題 4

1	①	②	③
2	①	②	③
3	①	②	③
4	①	②	③

問題 5

1	①	②	③
2	①	②	③
3	①	②	③
4	①	②	③
5	①	②	③
6	①	②	③
7	①	②	③
8	①	②	③
9	①	②	③

問題1

問題1では、まず質問を聞いてください。それから話を聞いて、問題用紙の1から4の中から、最もよいものを一つえらんでください。

1ばん MP3 49

1. コンビニでカードを買って、名前を書く
2. 出席者の名前を書いたカードを作成する
3. イベントのスケジュールをコピーする
4. 企画書を作って、出席者の分をコピーする

2ばん MP3 50

1. おしゃれな運動靴
2. おしゃれなバッグ
3. おしゃれな眼鏡
4 .おしゃれなハイヒール

3 ばん MP3 51

1. 胃(い)の病気(びょうき)で手術(しゅじゅつ)した
2. 風邪(かぜ)をひいて熱(ねつ)がある
3. 胃(い)がんで入院(にゅういん)している
4. 風邪(かぜ)で吐(は)き気(け)がする

4 ばん MP3 52

1. 月見(つきみ)うどん
2. てんぷらうどん
3. とんかつ定食(ていしょく)
4. とんかつとうどん

5ばん MP3 53

1. 雑貨屋（ざっかや）
2. コンビニ
3. 遊園地（ゆうえんち）
4. おばさんの家（いえ）

6ばん MP3 54

1. 部長（ぶちょう）の部屋（へや）に行（い）く
2. 資料（しりょう）をFAXする
3. 会議室（かいぎしつ）にお茶（ちゃ）を持（も）っていく
4. 木村（きむら）さんにお願（ねが）いする

問題2

問題2では、まず質問を聞いてください。そのあと、問題用紙を見てください。読む時間があります。それから話を聞いて、問題用紙の1から4の中から、最もよいものを一つえらんでください。

1ばん MP3 55

1. 1時
2. 1時30分
3. 2時
4. 2時30分

2ばん MP3 56

1. おなかがすいているから
2. 同僚がたんじょうびだから
3. 野菜は体にいいから
4. 同僚がうちに来るから

3 ばん MP3 57

1. 食(た)べものを食(た)べる
2. 飲(の)みものを飲(の)む
3. 写真(しゃしん)を撮(と)る
4. 絵(え)に触(さわ)る

4 ばん MP3 58

1. 青空(あおぞら)市場(いちば)の受付(うけつけ)
2. 青空(あおぞら)美容院(びよういん)の入口(いりぐち)
3. 青空(あおぞら)病院(びょういん)のロビー
4. 青空(あおぞら)薬局(やっきょく)の店内(てんない)

5ばん MP3 59

1. 上司(じょうし)にいじめられたから
2. 実家(じっか)の父親(ちちおや)が病気(びょうき)だから
3. 新(あたら)しい仕事(しごと)がしたいから
4. 実家(じっか)の仕事(しごと)を手伝(てつだ)うから

6ばん MP3 60

1. 台湾(たいわん)に遊(あそ)びに行(い)くから
2. 中国人(ちゅうごくじん)の彼女(かのじょ)ができたから
3. 台湾(たいわん)で働(はたら)くから
4. 中国語(ちゅうごくご)に興味(きょうみ)があるから

問題3

問題3では、問題用紙に何もいんさつされていません。この問題は、ぜんたいとしてどんなないようかを聞く問題です。話の前に質問はありません。まず話を聞いてください。それから、質問とせんたくしを聞いて、1から4の中から、最もよいものを一つえらんでください。

— メモ —

1ばん MP3 61

2ばん MP3 62

3ばん MP3 63

問題4

問題4では、えを見ながら質問を聞いてください。やじるし（➡）の人は何と言いますか。1から3の中から、最もよいものを一つえらんでください。

1 ばん MP3 64

2 ばん MP3 65

3 ばん MP3 66

4 ばん MP3 67

問題5

問題5では、問題用紙に何もいんさつされていません。まず文を聞いてください。それから、そのへんじを聞いて、1から3の中から、最もよいものを一つえらんでください。

— メモ —

1 ばん MP3 68

2 ばん MP3 69

3 ばん MP3 70

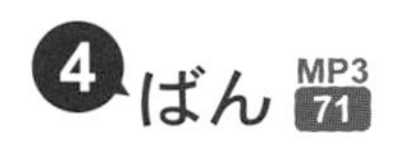

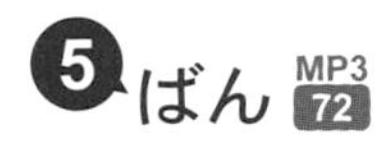

6 ばん MP3 73

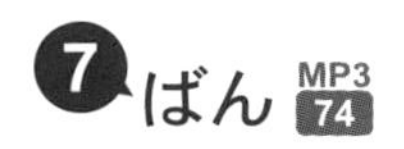

8 ばん MP3 75

擬真試題解答

問題1

1番 2

2番 3

3番 2

4番 1

5番 4

6番 2

問題2

1番 4

2番 4

3番 1

4番 3

5番 4

6番 3

問題3

1番 1

2番 4

3番 2

問題4

1番 3

2番 1

3番 2

4番 2

問題5

1番 3

2番 3

3番 2

4番 1

5番 1

6番 3

7番 3

8番 1

擬真試題原文＋中文翻譯

問題1

問題1では、まず質問を聞いてください。それから話を聞いて、問題用紙の1から4の中から、最もよいものを一つえらんでください。

問題1，請先聽問題。接下來聽會話，從試題紙的1到4裡面，選出一個最適當的答案。

（M：男性、男孩　F：女性、女孩）

1番 MP3 49

会議室で男の人が女の人に電話をしています。男の人は、このあと何を準備しますか。

F：岡田くんも3時からの会議に出席するんでしょう？

M：はい。今朝、部長に「イベントのスケジュールをコピーして、会議に参加するように」と言われました。

F：コピーはこれから準備するの？

M：いいえ、もうやってあります。

F：さすがね。

それじゃ、出席者の名前を書いたカードを作ってもらえないかな。

わたし、これから企画書を書かなきゃならないから、時間がないの。

M：もちろんです。カードはコンビニで買ってきますか。

F：もう買ってあるわ。コピー室に置いてあるから、それを使って。

M：わかりました。

男の人は、このあと何を準備しますか。

1. コンビニでカードを買って、名前を書く
2. 出席者の名前を書いたカードを作成する
3. イベントのスケジュールをコピーする
4. 企画書を作って、出席者の分をコピーする

第1題

會議室裡男人正打電話給女人。男人，接下來要準備什麼呢？

F　：岡田先生也會出席三點開始的會議吧？

M　：是的。今天早上，部長跟我說「影印活動的行程，來參加會議」。

F　：影印，等一下會準備吧？

M　：不，已經弄好了。

F　：果然是你啊！

那麼，可不可以幫我製作寫上出席者名字的卡片呢？

我，等一下非寫企劃書不可，所以沒有時間。

M　：當然。卡片去便利商店買嗎？

F　：已經買好了喔！放在影印室了，請用那個。

M　：知道了。

男人，接下來要準備什麼呢？

1. 在便利商店買卡片，然後寫名字
2. 製作寫上出席者名字的卡片
3. 影印活動的行程
4. 製作企劃書，然後影印出席者的份數

答案：2

2番 MP3 50

男の人と女の人が話しています。男の人は何をプレゼントしますか。

M：もうすぐ誕生日だな。何かほしいもの、ある？

F：わあい！赤いハイヒールがほしいな。

M：でも、最近、膝が痛いんだろう？

ハイヒールはしばらく履かないほうがいいよ。

運動靴はどう？いっしょにジョギングできるし。

F：いやよ。それに、膝が痛いんだから。

M：そっか。じゃあ、大きめのバッグは？ヨガに行くとき、荷物が多いだろう。

F：もう買った。

M：それじゃ、眼鏡はどう？

F：いいわね。最近、急に目が悪くなったの。

M：じゃあ、おしゃれな眼鏡をプレゼントするよ。

F：ありがとう。楽しみにしてる。

男の人は、何を買いますか。

1. おしゃれな運動靴

2. おしゃれなバッグ

3. おしゃれな眼鏡

4. おしゃれなハイヒール

第2題

男人正和女人說話。男人要送什麼當禮物呢？

M ：再不久就要生日了呢！想要的東西，有嗎？

F ：哇啊！我想要紅色的高跟鞋呢！

M ：但是，最近，不是膝蓋在痛嗎？

暫時不要穿高跟鞋比較好吧！

運動鞋如何？還可以一起慢跑。

F ：不要啦！而且，膝蓋在痛。

M ：那樣啊！那麼，大型包包呢？去瑜珈的時候，東西很多吧！

F ：已經買了。

M ：那樣的話，眼鏡如何？

F ：好耶！最近，眼睛突然變差了。

M ：那麼，就送妳時髦的眼鏡當禮物喔！

F ：謝謝。期待喔！

男人要送什麼當禮物呢？

1. 時髦的運動鞋
2. 時髦的包包
3. 時髦的眼鏡
4. 時髦的高跟鞋

答案：3

3番 MP3 51

病院の廊下で男の人と女の人が話しています。この男の人はなぜここに来ましたか。

M：あれっ？鈴木さんじゃないですか。

F：斎藤さん。お久しぶりです。どうしたんですか。

M：風邪で熱があるんです。鈴木さんこそどうしたんですか。

F：いえ、わたしじゃないんです。主人が胃の病気で入院しているんです。

M：そうでしたか。ひどいんですか。

F：いえ、手術をしたので、だいぶよくなりました。来週、退院の予定です。

M：それはよかった。でも、奥様、顔色が悪いですよ。だいじょうぶですか。

F：だいじょうぶです。ただ寝てないだけですから。
おとといからここに泊まってるんですが、ベッドが硬くてよく眠れないんです。

M：家に帰って、ちょっと休んだらどうですか。わたしでよければ、代わりにお世話しますよ。

F：ありがとうございます。でも、だいじょうぶです。
このあと、娘が来てくれますから。

M：そうですか。じゃあ、お大事に。

この男の人はなぜここに来ましたか。

1. 胃(い)の病気(びょうき)で手術(しゅじゅつ)した
2. 風邪(かぜ)をひいて熱(ねつ)がある
3. 胃(い)がんで入院(にゅういん)している
4. 風邪(かぜ)で吐(は)き気(け)がする

第3題

醫院的走廊上，男人和女人正在說話。這個男人為什麼來這裡呢？

M ：咦？這可不是鈴木太太嗎？

F ：齋藤先生。好久不見。怎麼了嗎？

M ：感冒發燒了。鈴木太太也是，怎麼了嗎？

F ：不，不是我。我先生胃病住院了。

M ：那樣啊！嚴重嗎？

F ：不會，因為動了手術，所以沒問題了。預定下個星期出院。

M ：那太好了。但是，太太妳的臉色不好喔！沒問題嗎？

F ：沒問題。只是因為沒有睡覺而已。
從前天開始睡在這裡，但是床鋪很硬，沒辦法好好睡。

M ：回家稍微休息一下如何呢？如果我可以的話，我來代替妳照顧吧！

F ：謝謝你。不過，沒關係。
因為等一下，我女兒會來。

M ：那樣啊！那麼，請保重。

這個男人為什麼來這裡呢？

1. 因為胃病動了手術

2. 因為感冒發燒

3. 因為胃癌住院中

4. 因為感冒想吐

答案：2

4番 MP3 52

食堂で男の人と女の人が話しています。男の人は何を注文しますか。

F：わたしはとんかつ定食にする。
由美ちゃんが、ここのとんかつはすっごくおいしいって言ってたから。

M：とんかつか。俺もそうしようかな。

F：ダイエットしてるんじゃないの？

M：そうだけど。俺もとんかつが食べたい。

F：わたしのを少しあげるから、もっとさっぱりしたのを注文したら？

M：わかった。それじゃ、牛丼にする。

F：牛丼もカロリーが高いわよ。麺にしたら？そばとか。

M：そばは苦手なんだ。じゃ、てんぷらうどんにする。

F：てんぷら？もっと高カロリーじゃない。

M：ああ～（ため息をつく）。じゃあ、月見うどんにする。

F：そうね。それがいいわ。

男の人は何を注文しますか。

1. 月見うどん
2. てんぷらうどん
3. とんかつ定食
4. とんかつとうどん

第4題

食堂裡男人和女人正在說話。男人要點什麼呢？

F　：我要點炸豬排。
　　因為由美說，這裡的炸豬排非常好吃。
M　：炸豬排嗎？我也點那個吧！
F　：你不是在減肥嗎？
M　：雖然是那樣……。我想吃炸豬排。
F　：我的給你一些，然後你點更清淡一點的呢？
M　：知道了。那樣的話，我點牛丼。
F　：牛丼的卡路里也很高喔！點麵呢？蕎麥麵之類的？
M　：蕎麥麵我不行。那麼，我點天婦羅烏龍麵。
F　：天婦羅？不是更高卡路里？
M　：啊啊～（嘆氣）。那麼，我點月見烏龍麵。
F　：是啊！那才對啊！

男人要點什麼呢？

1. 月見烏龍麵
2. 天婦羅烏龍麵
3. 炸豬排定食
4. 炸豬排和烏龍

答案：1

5 番 MP3 53

父親と娘が話しています。娘はこのあと、まずどこへ行きますか。

M：出かけるのか？

F：うん、京子ちゃんと遊園地に行くの。

M：それなら、途中で恵美子おばちゃんの家に寄って、これを渡してくれないか？

F：ええ～！時間がないよ。

M：ちょっと寄って渡すだけだから、3分だけだよ。

F：だけど、コンビニで2人分のお菓子とジュース買わなきゃならないの。遅刻しちゃうよ。

M：頼むよ。お父さん、これから人が来るから、出かけられないんだ。

F：仕方ないな。じゃ、200円ちょうだい。

M：はいはい。

娘はこのあと、まずどこへ行きますか。

1. 雑貨屋
2. コンビニ
3. 遊園地
4. おばさんの家

5番（ばん）

父親和女兒正在說話。女兒之後，要先去哪裡呢？

M ：要出去嗎？

F ：嗯，要和京子去遊樂園。

M ：那樣的話，可以中途幫我繞去惠美子阿姨家，把這個交給她嗎？

F ：咦～！沒時間啦！

M ：因為只是稍微繞過去交給她而已，所以只要三分鐘喔！

F ：可是，我非去便利商店買二人份的零食和果汁不可。會遲到啦！

M ：拜託啦！因為等一下有人要來，爸爸沒辦法出門。

F ：拿你沒辦法耶。那麼，給我二百圓。

M ：好、好。

女兒之後，要先去哪裡呢？

1. 雜貨店
2. 便利商店
3. 遊樂園
4. 阿姨家

答案：4

6番 MP3 54

男の人と女の人が話しています。女の人はこのあと、まず何をしますか。

M：木村さん、お願いしてもいい？

F：はい。

M：悪いんだけど、会議室のお客さんにお茶を出してくれる？

F：わかりました。何人分ですか。

M：8人分。

F：はい。でも、部長から、この資料をFAXするように頼まれているので、その後でもいいですか。

M：いや、その前に頼むよ。

F：でも、急いでと言われてるんですが……。

M：わかった。じゃあ、それが終わったらお願い。

F：わかりました。すみません。

女の人はこのあと、まず何をしますか。

1. 部長の部屋に行く
2. 資料をFAXする
3. 会議室にお茶を持っていく
4. 木村さんにお願いする

第6題

男人和女人正在說話。女人之後，要先做什麼呢？

M　：木村小姐，可以拜託妳嗎？

F　：好的。

M　：不好意思，可以幫我倒茶給會議室的客人嗎？

F　：知道了。幾人份呢？

M　：八人份。

F　：好的。但是，因為部長叫我傳真這些資料，所以在那之後可以嗎？

M　：不，拜託妳在那之前啦！

F　：可是，有叫我要快點處理……。

M　：知道了。那麼，那個之後就拜託了。

F　：知道了。對不起。

女人之後，要先做什麼呢？

1. 去部長室

2. 傳真資料

3. 端茶去會議室

4. 拜託木村小姐

答案：2

問題2

問題2では、まず質問を聞いてください。そのあと、問題用紙を見てください。 読む時間があります。それから話を聞いて、問題用紙の1から4の中から、最もよいものを一つえらんでください。

問題2，請先聽問題。之後，再看試題紙。有閱讀的時間。接下來請聽會話，從試題紙的1到4裡面，選出一個最適當的答案。

1番 MP3 55

会社で男の人と女の人が話しています。2人は何時に出発しますか。

M：大野さん、今日忙しい？

F ：午前中は忙しいですが、午後はだいじょうぶです。

M：それなら、イベント会場の準備を手伝ってくれないかな。

F ：わかりました。わたしは何をしたらいいですか。

M：ぼくといっしょに、ここにあるものを会場まで運んでほしいんだ。
それから、ポスターを貼ったり、椅子とテーブルを並べたり。

F ：わかりました。出発は何時ですか。

M：１時はどう？

F ：すみません、このあと銀座の本社に行って会議なので、１時には間に合わないと思います。2時なら戻れます。

M：それなら、その３０分後はどう？

F ：はい、だいじょうぶです。

M：じゃあ、受付の前で待ってるね。

F：わかりました。

2人は何時に出発しますか。

1. 1時

2. 1時30分

3. 2時

4. 2時30分

第1題

公司裡男人和女人正在說話。二人何時出發呢？

M ：大野小姐，今天忙嗎？

F ：早上很忙，但是下午沒問題。

M ：那樣的話，可以請妳協助活動會場的準備嗎？

F ：知道了。我做什麼好呢？

M ：和我一起，把這裡的東西搬到會場。然後，貼貼海報、排排椅子和桌子。

F ：知道了。幾點出發呢？

M ：一點如何？

F ：對不起，等一下要去銀座的總公司，因為要開會，所以我想一點會來不及。二點的話就回得來。

M ：那樣的話，在那的三十分鐘後如何呢？

F ：好的，沒問題。

M ：那麼，我在詢問處前面等妳喔！

F ：知道了。

二人何時出發呢？

1. 一點
2. 一點三十分
3. 二點
4. 二點三十分

答案：4

② 番 MP3 56

男の人と女の人がコンビニで話しています。男の人はどうしてたくさん買いますか。

F：宮原さんも夕飯の買物ですか？

M：はい。

F：たくさん買いますね。

M：このあと同僚がうちに来て、仕事の話をするんです。
みんな料理ができないので、コンビニでお弁当やお菓子を買って食べます。

F：そうですか。でも、スープくらいあったほうがいいんじゃないですか。

M：お酒を飲みますから。

F：お酒とお弁当とお菓子じゃ、体によくないですよ。
そうだ、このサラダはどうですか。安くておいしいです。それに、量もたくさんあります。

M：サラダですか。たしかに野菜を食べたほうがいいですね。買います。

F：お仕事、がんばってくださいね。

M：ありがとうございます。

男の人はどうしてたくさん買いますか。

1. おなかがすいているから

2. 同僚がたんじょうびだから

3. 野菜(やさい)は体(からだ)にいいから

4. 同僚(どうりょう)がうちに来(く)るから

2番(ばん)

男人和女人正在便利商店說話。男人為什麼買很多呢？

F ：宮原先生也來買晚餐嗎？

M ：是的。

F ：買很多耶！

M ：因為等一下同事要來我家，講工作的事情。

由於大家都不會做菜，所以在便利商店買便當和零食來吃。

F ：那樣啊！但是，是不是有湯之類的比較好呢？

M ：因為要喝酒。

F ：酒和便當和零食的話，對身體不好喔！

對了！這個沙拉如何呢？便宜又好吃。而且，分量也很多。

M ：沙拉嗎？的確吃蔬菜比較好呢！買。

F ：工作，請加油喔！

M ：謝謝您。

男人為什麼買很多呢？

1. 因為肚子正餓

2. 因為同事生日

3. 因為蔬菜對身體好

4. 因為同事要來家裡

答案：4

3 番 MP3 57

美術館で男の人と係りの女の人が話しています。美術館で何をしてはいけませんか。

M：すみません、ここで写真を撮ってもいいですか。

F：はい、この美術館では写真を撮るだけじゃなく、絵に触ってもいいんです。

M：そうですか。珍しいですね。

F：はい。お客さまに自由に楽しんでもらいたいので。
あそこで飲みものを飲みながら、絵を見てもいいんですよ。

M：食べものを食べてもいいですか。

F：いえ、匂いがするので、食べものは禁止です。

M：なるほど。そうだ、インターネットは使えますか。

F：ええ、使えます。

美術館で何をしてはいけませんか。

1. 食べものを食べる
2. 飲みものを飲む
3. 写真を撮る
4. 絵に触る

第3題

美術館裡男人和擔當的女人正在說話。美術館裡不可以做什麼呢？

M：對不起，這裡可以拍照嗎？

F：是的，這個美術館不但可以拍照，還可以摸畫。

M：那樣啊！很少見耶！

F：是的。因為希望客人可以自在地享受。
在那裡可以一邊喝飲料、一邊看畫喔！

M：可以吃東西嗎？

F：不，由於會有味道，所以吃東西是禁止的。

M：原來如此。對了，可以使用網路嗎？

F：嗯，可以使用。

美術館裡不可以做什麼呢？

1. 吃東西
2. 喝飲料
3. 拍照
4. 摸畫

答案：1

4番 MP3 58

女の人が男の人に電話をしています。男の人はどこにいますか。

F：もしもし、純平？

M：うん。

F：今、どこにいるの？ずっと電話してるのに出ないから、心配したのよ。

M：どこって、待ち合わせの場所だよ。
俺もずっと待ってるのに来ないから、心配してた。

F：えっ？わたしも待ち合わせの場所にいるんだけど。
青空美容院の前よ。

M：やばい！俺は今、青空病院のロビーにいる。

F：ええ～！！いつもわたしの話をきちんと聞いていないから。
それに、約束の時間をもう1時間も過ぎてるんだから、電話くらいしてよ！まったく！

M：だって、『病院の中は電話禁止』って書いてあるからさ。

F：（ため息をつく）わかったから、今すぐこっちに来て！

M：は～い。

男の人はどこにいますか。

1. 青空市場の受付
2. 青空美容院の入口
3. 青空病院のロビー
4. 青空薬局の店内

第4題

女人正打電話給男人。男人在哪裡呢？

F　：喂喂，純平？

M　：嗯。

F　：現在，在哪裡啊？一直打給你都沒接，很擔心耶！

M　：哪裡，就約好的地方啊！

　　我一直等著妳都沒來，很擔心。

F　：咦？我也在約好的地方……。

　　青空美容院的前面啊！

M　：糟了！我現在，在青空醫院的大廳。

F　：咦～！！都是你總是不好好聽我講話啦！

　　而且，約好的時間都過了一個小時了，至少也打個電話啊！真是的！

M　：可是，因為這裡寫著『醫院裡面禁止使用電話』啊！

F　：（嘆氣）知道了啦，現在立刻過來這裡！

M　：好的～。

男人在哪裡呢？

1. 青空市場的詢問處
2. 青空美容院的入口
3. 青空醫院的大廳
4. 青空藥局的店裡

答案：3

5 番 MP3 59

男の人と女の人が話しています。女の人はどうして会社を辞めますか。

M：今月で会社を辞めるそうですね。

F：そうなんです。

M：北海道の実家に戻るって聞きましたが、ご両親が病気ですか？

F：いえ、両親は元気です。
じつは、父の会社を手伝う予定です。父はもう７０才なので、いろいろ大変みたいですから。

M：そうだったんですか。ご実家は貿易会社でしたよね。

F：ええ、ここととはぜんぜんちがう仕事内容ですが、これから一生懸命勉強して、がんばります。

M：がんばってください。
東京に来たときは、電話してください。お酒でも飲みましょう。

F：はい、ありがとうございます。

女の人はどうして会社を辞めますか。

1. 上司にいじめられたから
2. 実家の父親が病気だから
3. 新しい仕事がしたいから
4. 実家の仕事を手伝うから

5番（ばん）

男人和女人正在說話。女人為什麼要辭掉工作呢？

M ：聽說妳要辭掉工作做到這個月呢！

F ：是的。

M ：聽說妳要回北海道老家，是父母親生病了嗎？

F ：不，父母親很好。

其實，是打算幫忙父親的公司。父親已經七十歲了，所以好像很多地方都很辛苦。

M ：原來是那樣啊！老家是貿易公司是吧！

F ：是的，雖然和這裡的工作內容完全不同，但是之後會拚命學習、好好加油。

M ：請加油。

來東京的時候，請打電話給我。一起喝個酒什麼的吧！

F ：好的，謝謝你。

女人為什麼要辭掉工作呢？

1. 因為被上司欺負
2. 因為老家的父親生病
3. 因為想換新的工作
4. 因為要幫忙老家的工作

答案：4

6番 MP3 60

男の人と女の人が話しています。男の人はどうして中国語を勉強しますか。

F：久保田さん、最近、中国語の学校に通ってるそうですね。

M：はい。まだ初級ですが、とてもおもしろいです。

F：どうして中国語を？もしかして、中国人の彼女ができたとか？

M：それだったらうれしいですけど、仕事です。
じつは、4月から台湾に行くことになったんです。たぶん5年くらい。

F：うらやましい！わたしは台湾が大好きで、もう5、6回旅行に行ってます。

M：そうなんですか。台湾はいいですよね。おいしいものもたくさんあるし、みんな優しいし。それに、社員はみんな日本語ができるそうなので、心配いらないんです。

F：それならいいですね。

M：でも、少しくらい話せたほうがいいので、勉強しています。

F：がんばってください。

M：はい。台湾に遊びに来たら、ぜひ連絡してください。

男の人はどうして中国語を勉強しますか。

1. 台湾に遊びに行くから
2. 中国人の彼女ができたから
3. 台湾で働くから
4. 中国語に興味があるから

第6題

男人和女人正在說話。男人為什麼學中文呢？

F　：久保田先生，聽說你最近，在上中文課呢！

M　：是的。雖然還在初級，但是很有趣。

F　：為什麼學中文呢？難不成，是交了中國女朋友？

M　：如果是那樣的話會很高興，但是，是工作。
　　其實，我從四月開始要去台灣了。大概五年左右。

F　：好羨慕！我好喜歡台灣，已經去旅行五、六次了。

M　：那樣啊！台灣很好呢！有很多好吃的東西，還有大家都很親切。而且，聽說員工們都會講日文，所以不用擔心。

F　：那樣的話很好呢！

M　：但是，多少會講一點比較好，所以才在學。

F　：請加油。

M　：好的。來台灣玩的時候，請務必和我連絡。

男人為什麼學中文呢？

1. 因為要去台灣玩
2. 因為交了中國女朋友
3. 因為要在台灣工作
4. 因為對中文有興趣

答案：3

問題3

問題3では、問題用紙に何もいんさつされていません。この問題は、ぜんたいとしてどんなないようかを聞く問題です。話の前に質問はありません。まず話を聞いてください。それから、質問とせんたくしを聞いて、1から4の中から、最もよいものを一つえらんでください。

問題3，試題紙上沒有印任何字。這個問題，是聽出整體是怎樣內容的問題。會話之前沒有提問。請先聽會話。接著，請聽提問和選項，然後從1到4裡面，選出一個最適當的答案。

1番 MP3 61

男の人と女の人が話しています。

M：こんどの土曜日、浅草に行かない？タイのイベントがあるんだって。

F：タイって、魚の鯛？

M：ちがうよ。東南アジアのタイだよ。美雪、トムヤンクンとか酸っぱくて辛い食べ物が好きだよね。

F：大好き！タイ料理はみんな好き！行く行く！

M：じゃあ、決まりだね。

F：あっ、だめだ！その日は沢田先輩の結婚式だった。

M：沢田先輩、ついに結婚するんだ。よかったな。

F：うん。

M：それじゃ、タイは今度だね。

女の人はタイのイベントに行くことについて、どう思っていますか。

1. 行きたいが、ほかの用事があるので行けない
2. 彼とは行きたくないので、うそをついて行かない
3. タイ料理が大好きなので、ぜったい行く
4. タイ料理は酸っぱくて辛いから、行きたくない

第1題

男人和女人正在說話。

M ：這個星期六，要不要去淺草？聽說有泰國（TA.I）的活動。

F ：TA.I，是魚的那個鯛（TA.I）嗎？

M ：不是啦！是東南亞的泰國啦！美雪，不是喜歡像冬蔭功那樣酸酸辣辣的食物嗎？

F ：非常喜歡！泰國料理我什麼都喜歡！我要去我要去！

M ：那麼，決定囉！

F ：啊，不行！那天是澤田學長的婚禮。

M ：澤田學長，終於要結婚了呢！真好啊！

F ：嗯。

M ：那麼，泰國就下次囉。

有關要去泰國的活動，女人覺得如何呢？

1. 雖然想去，但還有其他的事情去不了
2. 由於不想和他去，所以說謊不去
3. 由於非常喜歡泰國料理，所以一定要去
4. 因為泰國料理酸酸辣辣的，所以不想去

答案：1

❷ 番 MP3 62

上司の話を聞いています。

F：みんな、聞いて！コピー機が故障したので、今、修理してもらっています。故障の原因はまだ分かりませんが、たぶん紙にホッチキスの針がついていて、それが機械の中に入ってしまったのだと思います。修理が終わるまで、あと3時間くらいかかるそうです。ですから、それまでは2階の受付にあるコピー機を使ってください。

上司が一番言いたいことは何ですか。

1. 誰がコピー機を壊したのか教えてほしいこと
2. コピー機が故障した原因を見つけること
3. コピー機が使えないと不便なので、修理の人を頼むこと
4. コピー機が使えないので、2階のものを使ってほしいこと

第2題

正在聽主管的講話。

F ：各位，聽一下！由於影印機故障了，所以現在正請人修理。故障的原因還不清楚，但我想應該是紙的上面有訂書針，而那個跑到機器裡面去了。修理到好，聽說還要三個小時左右。所以，在那之前請使用在二樓詢問處的影印機。

主管最想說的事情是什麼呢？

1. 希望有人告訴她誰把影印機弄壞了
2. 找出影印機故障的原因
3. 由於影印機不能使用造成不便，所以要找修理的人
4. 由於影印機不能使用，所以希望大家用二樓的

答案：4

3番 MP3 63

男の学生と女の学生が話しています。

M：テストどうだった？

F：あんなに勉強したのに、だめだった。岩田くんは？

M：まあまあかな。

じつはさ、このあいだ塾で勉強した問題がたくさん出たんだ。

F：いつ？わたし、知らない！

M：内山が塾に来なかった日。お姉ちゃんと映画を見に行くって言ってた、あの日だよ。

F：うっそー。どうして「塾を休むな」って言ってくれなかったの？

M：俺が悪いのかよ。

F：ちがうけど……。ああ、またお母さんに叱られる。

M：しょうがないよ。次、がんばろう。

F：うん。これからは、ぜったいに塾を休まない！

女の学生は今回のテストについてどう思っていますか。

1. ぜんぜん勉強しなかったから、できなかった
2. 大事な日に塾をさぼったから、できなかった
3. 勉強時間が足りなかったから、できなかった
4. 塾で先生に教えてもらったのに、できなかった

第3題

男學生和女學生正在說話。

M ：考試考得如何？

F ：都讀成那樣了，結果還是不行。岩田同學呢？

M ：馬馬虎虎吧！

其實喔，出了很多之前在補習班學過的題目。

F ：什麼時候？我，怎麼不知道！

M ：內山同學沒來補習班那天。就是妳說要和姊姊去看電影的那一天啊！

F ：不會吧！你怎麼不對我說「補習不要請假」呢？

M ：是我不好嗎？

F ：不是啦，可是……。啊，又要被媽媽罵了。

M ：沒辦法啊！下次，加油吧！

F ：嗯。從今以後，補習絕對不請假！

有關這次的考試，女學生覺得如何呢？

1. 因為完全沒有讀，所以沒考好
2. 因為翹了補習重要的日子，所以沒考好
3. 因為讀書時間不夠，所以沒考好
4. 明明在補習班老師教了，卻沒考好

答案：2

問題4

問題4では、えを見ながら質問を聞いてください。やじるし（➡）の人は何と言いますか。1から3の中から、最もよいものを一つえらんでください。

問題4，請一邊看圖一邊聽問題。箭號（➡）比著的人要説什麼呢？請從1到3當中，選出一個最適當的答案。

1番(ばん) MP3 64

F：わたしがコピーしましょうか。

M：1. いいえ、だめでした。

2. いいえ、よかったです。

3. いいえ、だいじょうぶです。

第1題

F　：我來影印吧！

M　：1. 不用，不行啦！

2. 不用，太好了

3. 不用，沒關係。

答案：3

2番(ばん) MP3 65

M：コンビニに行(い)きます。何(なに)かほしいものがありますか。

F：1. それじゃ、おにぎりとお茶(ちゃ)をお願(ねが)いします。

2. けっこうです。おにぎりとお茶(ちゃ)を買(か)いましょう。

3. そうですか。コンビニのおにぎりはおいしいです。

第2題

M　：我要去便利商店，有什麼想要的嗎？

F　：1. 那樣的話，麻煩飯糰和茶。

2. 不用。就買飯糰和茶吧！

3. 那樣啊！便利商店的飯糰很好吃。

答案：1

3 番(ばん) MP3 66

M：陳(ちん)さんは日本語(にほんご)がとても上手(じょうず)ですね。

F ：1. そう、少(すこ)しだけ話(はな)せません。

2. いいえ、まだまだです。

3. そうですね。もっと勉強(べんきょう)しましょう。

第3題

M ：陳小姐的日文非常好耶！

F ：1. 無此用法。正確說法為：

いいえ、少(すこ)しだけ話(はな)せます。（沒有，只會說一點點。）

2. 沒有，還不行。

3. 是啊！更加學習吧！

答案：2

4 番(ばん) MP3 67

F ：お手伝(てつだ)いしましょうか。

M：1. それはいいですよ。

2. お願(ねが)いします。

3. どういたしまして。

第4題

F ：我來幫忙嗎？

M ：1. 那很好啊！

2. 拜託妳了。

3. 不客氣。

答案：2

問題5

問題5では、問題用紙に何もいんさつされていません。まず文を聞いてください。それから、そのへんじを聞いて、1から3の中から、最もよいものを一つえらんでください。

問題5，試題紙上沒有印任何字。請先聽句子。接著，聽它的回答，然後從1到3裡面，選出一個最適當的答案。

1番 MP3 68

M：辞書(じしょ)を借(か)りてもよろしいですか。

F ：1. いえ、どういたしまして。

2. はい、貸(か)したほうがいいです。

3. ええ、かまいませんよ。

第1題

M ：可以跟妳借字典嗎？

F ：1. 不，不客氣。

2. 是的，借比較好。

3. 嗯，沒問題喔！

答案：3

2番 MP3 69

M：これから、いっしょにご飯(はん)を食(た)べに行(い)きませんか。

F ：1. いつでも行(い)ってください。

2. それはいけませんね。

3. もちろんいいですよ。

第2題

M ：等一下，要不要一起去吃飯呢？

F ：1. 請隨時去。

2. 那可不行啊！

3. 當然好啊！

答案：3

3 番(ばん) MP3 70

M：クーラーをつけてもいいですか。

F ：1. どういたしまして。

2. かまいませんよ。

3. だいじょうぶでした。

第3題

M ：可以開冷氣嗎？

F ：1. 不客氣。

2. 沒問題喔！

3. 沒事了。

答案：2

4 番(ばん) MP3 71

F ：田中(たなか)さん、まだ来(き)ていませんね。

M：1. 道(みち)に迷(まよ)ったんでしょうか。

2. 電車(でんしゃ)で来(き)てよかったですね。

3. ずいぶん早(はや)く起(お)きましたね。

第4題

F ：田中先生，還沒有來耶！

M ：1. 會不會迷路了呢？

2. 搭電車來真好啊！

3. 起得可真早呢！

答案：1

5番（ばん） MP3 72

M：これ、コピーしといてもらえる？

F：1. はい、やっておきます。

2. 最近（さいきん）、忙（いそが）しいですか。

3. それはたいへんですね。

第5題

M　：這個，可以幫我影印起來嗎？

F　：1. 好的，我會印起來。

2. 最近，忙嗎？

3. 那很辛苦呢！

答案：1

6番（ばん） MP3 73

F：明日（あした）はぜったいに遅刻（ちこく）しないでくださいよ。

M：1. はい、そちらこそ。

2. はい、それがいいです。

3. はい、気（き）をつけます。

第6題

F　：明天請絕對不要遲到喔！

M　：1. 好的，你才是。

2. 好的，那樣很好。

3. 好的，我會注意。

答案：3

7番 MP3 74

M：お客様にこの資料を届けてほしいんだけど……。

F：1. ええ、用事があります。

　2. また来てもいいですよ。

　3. はい、だいじょうぶです。

第7題

M：希望妳把這資料寄給客人……。

F：1. 是的，有事情。

　2. 可以再來喔！

　3. 好的，沒問題。

答案：3

8番 MP3 75

F：今日の宿題、もう終わったの？

M：1. うん、もうやっちゃったよ。

　2. えっ、やっておこうよ。

　3. じゃ、明日はがんばろう。

第8題

F：今天的功課，已經做完了？

M：1. 嗯，已經做完囉！

　2. 咦，會做起來啦！

　3. 那麼，明天加油吧！

答案：1

國家圖書館出版品預行編目資料
新日檢N3聽解30天速成！ 新版 /
こんどうともこ著、王愿琦中文翻譯
-- 修訂二版 -- 臺北市：瑞蘭國際, 2024.02
240面；17 x 23公分 --（檢定攻略系列；90）
ISBN：978-626-7274-91-0（平裝）
1. CST：日語 2.CST：能力測驗
803.189 113001506

檢定攻略系列 90

新日檢N3聽解30天速成！ 新版

作者｜こんどうともこ
中文翻譯｜王愿琦
總策劃｜元氣日語編輯小組
責任編輯｜葉仲芸、王愿琦
校對｜こんどうともこ、葉仲芸、王愿琦

日語錄音｜こんどうともこ、福岡載豐、杉本好美、鈴木健郎
錄音室｜采漾錄音製作有限公司
封面設計｜劉麗雪、陳如琪・版型設計｜余佳憓
內文排版｜余佳憓、帛格有限公司、陳如琪
美術插畫｜KKDRAW

瑞蘭國際出版
董事長｜張暖彗・社長兼總編輯｜王愿琦
編輯部
副總編輯｜葉仲芸・主編｜潘治婷
設計部主任｜陳如琪
業務部
經理｜楊米琪・主任｜林湲洵・組長｜張毓庭

出版社｜瑞蘭國際有限公司・地址｜台北市大安區安和路一段104號7樓之一
電話｜(02)2700-4625・傳真｜(02)2700-4622・訂購專線｜(02)2700-4625
劃撥帳號｜19914152 瑞蘭國際有限公司
瑞蘭國際網路書城｜www.genki-japan.com.tw

法律顧問｜海灣國際法律事務所 呂錦峯律師

總經銷｜聯合發行股份有限公司・電話｜(02)2917-8022、2917-8042
傳真｜(02)2915-6275、2915-7212・印刷｜科億印刷股份有限公司
出版日期｜2024年02月二版1刷・定價｜450元・ISBN｜978-626-7274-91-0

瑞蘭國際